W0345808

David Hollenstein

Jan & Co.

Vermisst am Matterhorn

Adonia

© Adonia Verlag, CH-4805 Brittnau
www.adonia.ch

Lektorat: Adonia Verlag
Satz: David Hollenstein
Coverbilder: istockphoto.com

ISBN 978-3-03783-066-6

Inhalt

Mittwoch, 31. Juli, 11:43

Ärger beim Einkauf

Im Supermarkt war es ruhig, bevor Jan & Co. mit fröhlichem Lachen eintraten. Ihre Heiterkeit brachte sofort Lebensfreude zwischen die Regale. Jan & Co., das sind die drei Freunde Jan, Luca und José zusammen mit ihren Schulkameradinnen Lena und Anna.

Jan zog einen langen Papierstreifen aus der Hosentasche. «Wir brauchen fünf Liter Orangensaft», las er laut vor.

Luca nickte und machte sich in Richtung Getränkeabteilung davon.

«An deiner Stelle würde ich einen Einkaufswagen mitnehmen», rief ihm Anna hinterher.

Aber Luca war zu stolz, um auf den Rat seiner Freundin zu hören. Kurz darauf kam er mit einem schwankenden Turm aus mehreren Tetrapaks auf seinem Arm zurück und war froh, dass Anna in der Zwischenzeit mit einem Einkaufswagen auf ihn wartete.

Innerhalb von zwanzig Minuten füllten die fünf Teenager drei Wagen bis zum Rand.

Jan und José stritten sich gerade darum, welche Chips-Sorte sie kaufen sollten, als auch die andern drei beim Snack-Regal eintrafen.

«Wenn ihr euch endlich einigt, fehlen uns nur noch die Batterien für die Taschenlampen», erklärte Lena, die nun die Einkaufsliste beaufsichtigte. Mit einem Stift strich sie die letzten Artikel durch.

«José, hol du die Batterien», befahl Jan.

«Du willst mich nur loswerden, damit du deine Lieblingschips nehmen kannst», widersprach José.

«Nein, ich muss bald zu Hause sein, sonst gibt es Ärger. Sollen von mir aus doch die Mädchen die Chips aussuchen.»

José gab nicht so schnell auf. «Das Wohnmobil gehört Lucas Familie. Er weiß am besten, welche Batterien wir brauchen. Er könnte sie doch holen!»

Da eigentlich alle gut gelaunt waren, machte sich Luca ohne Widerrede auf den Weg. Er hatte Mühe, den schweren Einkaufswagen an den Aktionen vorbei in den Gang mit den Elektrowaren zu schieben. Er touchierte den Berg aus Multipack-Toilettenpapierrollen, der nun gefährlich schwankend zu kippen drohte. Mit einer nicht so eleganten Geste konnte er das Unglück gerade noch verhindern.

Während sich die Mädchen nun darüber stritten, welche Chips sie einpacken wollten, bezahlten José und Jan bereits die Waren aus zwei Einkaufswagen an der Kasse.

Luca hatte im Gang mit den Batterien kein Glück. Er suchte das Regal von einem Ende bis zum andern ab – ohne Erfolg.

Mühsam schob er den schweren Wagen in Richtung Informationsschalter, aber die Frau hinter der Theke war in ein Telefongespräch vertieft, so musste Luca erst mal warten. Er reimte sich aus den Gesprächsfetzen zusammen, dass jemand einen verschimmelten Käse gekauft hatte und sich nun beschwerte.

«Entschuldige, dass du warten musstest», begrüßte ihn die Dame schließlich, als sie den Hörer endlich zur

Seite gelegt hatte. «Was kann ich für dich tun?»

Luca legte eine leere Verpackung auf den Tresen. «Haben Sie diese Batterien auf Lager? Ich konnte sie im Regal nicht finden.»

Die Verkäuferin zog nachdenklich den linken Mundwinkel nach oben. «Wenn sie nicht im Regal sind, dann haben wir keine mehr. Nächste Woche kommt wieder eine Lieferung.»

«Dann ist unser Campingausflug aber schon vorbei.»

«Ich schaue selber mal nach.» Die Frau schnappte sich die leere Verpackung und kam hinter der Theke hervor.

Noch einmal wollte Luca den schweren Einkaufswagen nicht an den Toilettenpapierrollen vorbeischieben, deshalb ließ er ihn an der Theke stehen.

Ungeduldig warteten Jan und José beim Ausgang, als Lena und Anna endlich mit den Chips nachkamen.

«Meine Mutter wartet schon auf mich», trieb Jan die andern zur Eile an. «Packt mal mit an.»

Luca und José hatten ihre Fahrräder mit Anhängern direkt vor dem Eingang abgestellt.

Weil alle vier motiviert mithalfen, waren die beiden Einkaufswagen schnell leer. Die beiden Jungs brachten sie zurück.

«Ich hole noch den Einkaufswagen von Luca», verkündete Lena, während sie losstürmte. Sie hatte ihn beim Hinausgehen einsam und verlassen beim Informationsschalter stehen gesehen.

Kaum hatte sie den Wagen über die Schwelle nach draußen geschoben, rief jemand: «Halt! Stehen bleiben.

Das ist Diebstahl!»

Lena schaute sich um, aber sie sah niemanden, der Waren zu stehlen schien. Mit einem kräftigen Schub stellte sie den Einkaufswagen neben Josés Fahrradanhänger ab.

Plötzlich ging die Schiebetür hinter ihr auf und eine Verkäuferin platzte ins Freie. «Das ist ja der Gipfel der Frechheit!», brüllte sie und kam direkt auf Lena zu. «Dass eine Rotznase Energydrinks klaut, erleben wir ab und zu. Aber dass jemand einen ganzen Wagen voll Waren einfach so hinausschiebt, das hat es schon lange nicht mehr gegeben. Das gibt eine Anzeige!»

Lena schaute verdutzt um sich. Die Frau stand direkt vor ihr und schaute sie mit aufgebrachten Augen an. «Die meint mich», raunte sie Anna zu.

Diese nickte stumm.

«Äh, also ... das ist nicht geklaut. Luca hat bezahlt.»

«Faule Ausrede. Ich sehe hier keinen Luca», schnaubte die Verkäuferin, packte Lena am Ärmel und zog sie hinter sich her zurück in den Laden. «Ich rufe jetzt den Filialleiter.»

Eine zweite Verkäuferin mit einer großen blauen Haarspange, die in der Sonne leuchtete wie das Warnlicht eines Polizeiautos, holte den vollen Einkaufswagen ab und ging damit zum Informationsschalter zurück.

Anna folgte ihnen verdattert.

«Ich habe sie auf frischer Tat ertappt», begann die Verkäuferin, als der Filialeiter eintraf. «Die Kinder haben ein Komplott geschmiedet, um einen ganzen Wagen voll Waren zu klauen!»

«Das stimmt doch gar nicht», versuchte sich Lena

zu wehren.

Aber die Verkäuferin fuhr, ohne darauf zu reagieren, fort: «Ganz geschickt hat ein Junge Anita am Schalter abgelenkt und dort den vollen Wagen deponiert. Anschließend kam diese Göre da von der anderen Seite und hat den Wagen, ohne zu bezahlen, mitgenommen! Ich habe alles gesehen!»

Der Filialleiter nickte mit ernster Miene. «Das ist übel. Bei so vielen Produkten muss ich eine Anzeige bei der Polizei machen. Gib mir schon mal deinen Namen an.»

Lena seufzte. «Aber ich wollte doch nichts stehlen. Ich war davon überzeugt, dass mein Freund die Waren bezahlt hat. Ich wollte nur helfen, damit wir schneller losfahren können.»

Die Verkäuferin schüttelte den Kopf. «Das kannst du jetzt schon behaupten. Aber dieses Unschuldsgesicht habe ich schon bei so vielen Ladendieben gesehen. Fallen Sie jetzt nur nicht darauf herein, Herr Gilgen.»

«Kommt mit in mein Büro», befahl der Filialleiter und dirigierte Anna und Lena zur Tür am Ende der Einkaufshalle. Die Verkäuferin folgte ihnen.

*****

Als Jan und José wieder zurück bei ihren Fahrrädern waren, versperrte ihnen plötzlich ein Mädchen den Weg. Sie war zwei oder drei Jahre jünger als sie. «Jan, du und deine Freunde müssen mir helfen!»

«Marlena, richtig?», fragte Jan.

«Ja. Bitte hilf mir!»

«Ähm, ich bin ziemlich in Eile. Wenn ich nicht bald

zu Hause eintreffe, bekomme ich Ärger. Und anschließend fahren wir für ein paar Tage in die Ferien.»

«Du kennst doch Dajana», fuhr Marlena unbeirrt fort.

Als Jan diesen Namen hörte, wurde er nervös. Er nickte vorsichtig abwartend.

«Sie ist verschwunden. Ihr müsst mir helfen sie wiederzufinden, bitte!» Marlena schaute Jan bettelnd an. «Bestimmt ist ihr etwas passiert.»

José runzelte die Stirn. «Kann mir bitte jemand erklären, wer Dajana ist?»

«Das ist eh ... die Rothaarige von unserer Schule ...»

«Dajana ist meine Schwester – Pflegeschwester, um genau zu sein», unterbrach ihn das Mädchen. «Sie hat gestern das Haus verlassen und ist seither nicht mehr nach Hause gekommen. Ihr müsst sie finden!»

José schaute auf die Uhr. «Auch wenn wir noch so gerne helfen würden, es geht wirklich nicht. Wir fahren nach dem Mittagessen los. Deine Eltern kümmern sich doch sicher darum, nicht wahr?»

Marlena trat näher. «Das Problem ist, dass Dajana früher oft von zu Hause abgehauen ist. Sie ist immer nach ein oder zwei Tagen wieder irgendwo aufgetaucht. Darum wollen sie noch abwarten ...»

«Da haben wir's», unterbrach José das aufgebrachte Mädchen, «sie wird auch diesmal wieder reuig nach Hause zurückkehren. Also kein Grund zur Sorge.»

Marlena traten Tränen in die Augen. «Nein, das ist schon mehr als zwei Jahre her. Damals rannte sie meistens nach einem Streit mit Mama weg, aber diesmal war alles ganz anders. Sie benimmt sich schon seit zwei Wochen komisch und ist ausgewichen, wenn ich sie darauf angesprochen habe. Sie steckt in Schwierigkeiten, da bin ich mir sicher. Bitte helft mir!»

José zog Jan zur Seite. «Das geht nun wirklich nicht. Wir haben uns so auf diese Wohnmobil-Tour gefreut! Wir haben alles eingekauft und Lucas Vater nimmt sich sogar ein paar Tage frei. Sag ihr, dass wir nicht helfen können.»

Jan schwieg.

«Warum sagst du nichts? Der Fall ist klar. Wir können nicht helfen!»

*****

Der Filialleiter setzte sich an den mit Papier übersäten Schreibtisch und kramte einen Notizblock hervor. «Wie heißt du?»

«Hören Sie», versuchte Lena erneut zu erklären, «ich war wirklich der festen Überzeugung, dass Luca die Ware bereits bezahlt hatte.»

«Das kannst du der Polizei erzählen. Frau Scheidegger, holen Sie doch bitte den Wagen her, damit wir alle gestohlenen Artikel auflisten können.»

Mit einem triumphierenden Lächeln drehte sich die Verkäuferin um und eilte zum Informationsschalter zurück.

Kurz vor dem Schalter blieb sie jedoch verdutzt stehen. «Wo ist der Einkaufswagen hin?»

«Welcher Wagen?», fragte die Frau hinter dem Tresen.

In diesem Moment sah Frau Scheidegger, wie Luca den Einkaufswagen durch die Schiebetür ins Freie stieß. «Haltet den Dieb!», schrie sie und lief ihm hinterher.

Luca sah sich verdutzt um.

Die Verkäuferin rannte direkt auf ihn zu. «Halt, Bürschchen, du kommst mit!» Sie packte Luca am Arm und zerrte ihn ebenfalls bis zum Büro des Filialleiters.

Die Verkäuferin mit der blauen leuchtenden Polizeihaarspange kam ihr wieder zu Hilfe und folgte samt Einkaufswagen.

«Herr Gilgen, das sind ganz dreiste Diebe. Nun wollte dieser da die Waren stehlen!» Sie schob Luca an den Schreibtisch und drückte ihn auf den freien Stuhl.

Luca schaute Anna und Lena erstaunt an. «Erlaubt ihr euch gerade einen Witz mit mir?»

Anna schüttelte bestürzt den Kopf.

«Jetzt rufen wir erst mal eure Eltern an. Wie heißt du?» Mit drohender Miene blickte der Filialleiter Luca an.

Dieser ließ sich das aber nicht bieten und stand vom Stuhl auf. «Zuerst sagen Sie mir bitte, was hier vor sich geht.» Er sprach mit gefasster und bestimmter Stimme.

«Von den Ladendiebstählen haben wir die Nase voll! Ihr werdet alle angezeigt.»

Luca blickte die Mädchen besorgt an: «Habt ihr etwas gestohlen?»

«Nein, natürlich nicht. Das würde ich nie tun», verteidigte sich Lena. «Ich dachte, dass du die Waren bezahlt hast, und wollte nur helfen.»

Luca verstand nicht ganz.

Die Verkäuferin zeigte auf ihn und wetterte: «Tu nur nicht so scheinheilig. Ich habe auch dich auf frischer Tat ertappt, wie du diesen übervollen Wagen stehlen wolltest!»

Luca verstand die Welt nicht mehr. Langsam zog er

den wegen der Werbung überlangen Kassenzettel aus der Hosentasche und sagte: «Die Waren habe ich doch bezahlt, niemand hat etwas gestohlen.»

Frau Scheidegger blieb mit offenem Mund stehen.

«Zeig her», befahl der Filialleiter und riss ihm die Quittung aus den Händen. Nach einiger Zeit nickte er langsam. «Tatsächlich.»

«Und was habt *ihr* gestohlen?», fragte Luca die Mädchen.

«Das, was du eben bezahlt hast.»

Der Filialeiter erhob sich von seinem Lederstuhl. «Dann war das alles ein Missverständnis. Bitte entschuldigt die Unannehmlichkeiten. Ihr könnt gehen.»

Luca schnappte sich die Quittung und den Einkaufswagen und verließ als Erster das Büro.

Frau Scheidegger schaute verwirrt zu ihrem Chef und stotterte: «Ich wollte doch nur ...»

Als Lena und Anna das Büro verlassen hatten, hörten sie, wie der Filialleiter die Verkäuferin zu beruhigen versuchte: «Das haben Sie schon gut gemacht. Seien Sie nicht so hart mit sich selbst.»

*****

Draußen trafen die drei auf Jan und José.

«Kommt, wir müssen los», drängte Luca.

Aber Jan hielt ihn zurück. «Dajana ist verschwunden und Marlena möchte, dass wir sie suchen gehen.»

Luca blickte von Jan zu dem Mädchen und dann wieder zu Jan. «Wir fahren in zwei Stunden los. Da bleibt doch keine Zeit.»

«Genau das habe ich auch gesagt», ereiferte sich

José, erfreut darüber, endlich jemanden mit Vernunft gefunden zu haben.

«Dajana ist verschwunden?», schaltete sich nun auch Lena ein. «Was ist passiert?»

Marlena brachte erneut ihr Anliegen vor. «Bitte, ihr müsst mir helfen meine Schwester zu finden. Sie braucht eure Hilfe!»

Jan sagte bestimmt: «Also gut, wir helfen dir.»

José verstand die Welt nicht mehr. «Was ist los mit dir? Wie sollen wir helfen, wenn wir nicht hier sind?»

«Wir suchen nach einer Möglichkeit.»

Die Mädchen stimmten Jan zu. «Wenn sie in Not ist, ist das doch wichtiger als unsere Ferien.»

Luca hatte in der Zwischenzeit alle Waren in den Anhänger umgepackt. «Was ist, wenn sie gar nicht gefunden werden will?»

Jan machte eine Handbewegung, damit alle still waren. «Ich schulde es Dajana, dass ich ihr helfe. Wir können ja mal versuchen so viel wie möglich über ihren Aufenthaltsort herauszufinden. Bevor wir mit dem Wohnmobil abfahren, ziehen wir Bilanz und schauen, wie weit wir gekommen sind. Einverstanden?»

Lena und Anna nickten.

«Warum solltest du Dajana etwas schulden? Das verstehe ich nicht.» Luca runzelte verwundert die Stirn.

Jan winkte ab. «Das geht niemanden etwas an. Ich muss jetzt los. Mich erwartet zu Hause bereits ein Donnerwetter. Ich komme mit meinem Gepäck, sobald ich kann, zu euch. Luca, übernimmst du den Fall Dajana bitte für mich?» Er schwang sich auf sein Fahrrad und machte sich auf den Weg.

Luca gab sich einen Ruck und wandte sich Marlena zu. «Also, dann erzähl uns doch alles, was du über Dajana weißt. Hat sie eine Nachricht hinterlassen?»

«Ja, sie hat auf einen Zettel geschrieben, dass sie eine kleine Reise mache und von unterwegs anrufen werde. Aber bis jetzt hat sie nicht angerufen», erzählte Marlena.

Luca nickte. «Gab es Streit oder sonstige Probleme?»

«Nein. Dajana war nur irgendwie sonderbar drauf in den letzten zwei Wochen. Aber ich war zu beschäftigt, um lange nachzubohren.»

«Habt ihr die Polizei informiert?»

«Nein, aber die Vormundschaftsbehörde», antwortete Marlena.

Anna runzelte die Stirn. «Die was?»

«Weil Dajana und ich keine Eltern haben, sind Leute vom Staat für uns zuständig. Sie haben für uns die Pflegeeltern gesucht.»

Luca fragte weiter: «Was haben die gesagt?»

«Da Dajana früher oft abgehauen ist, machen sie jetzt auch nicht so ein Aufsehen deswegen. Sie wollen einfach mal abwarten. Aber meine Gefühle sagen mir, dass es diesmal anders ist.»

«Wo sind ihre richtigen Eltern?»

Marlena seufzte. «Soviel ich weiß, ist Dajanas Mutter bei ihrer Geburt gestorben. Vom Vater weiß man nichts Genaues. Man sagt, er sei vor Jahren nach Amerika ausgewandert. Dajana hat ihn nie kennengelernt und ihre Mutter kannte sie auch nur kurz.»

«Wie lange ist Dajana schon bei Herr und Frau ...», Luca stutzte, «äh, wie heißen eure Pflegeeltern?»

«Pfister», antwortete Marlena. «Sie ist seit fünf Jahren da und ich seit vier.»

Luca schwang sich auf sein Fahrrad. «Noch eine letzte Frage: Hast du eine Ahnung, wo sie hingegangen sein könnte?»

Marlena schüttelte traurig den Kopf.

Zoff zu Hause

«Hallo!», rief Jan, als er durch die Tür auf den Flur trat.

«Das Essen steht auf dem Tisch», begrüßte ihn seine Mutter und verschwand im Wohnzimmer.

Jan war überrascht, dass sie keinen Kommentar über sein spätes Eintreffen verlor. In der Küche stand nur noch ein gefüllter Teller auf dem Tisch, alles andere war bereits weggeräumt.

Er schob sich eine Kartoffel mit Mayo in den Mund, hätte sie aber am liebsten gleich wieder ausgespuckt. «Das ist ja kalt!», rief er mit vollem Mund.

Im Wohnzimmer blieb es still.

Geräuschvoll schob Jan den Stuhl zurück und steckte den vollen Teller in die Mikrowelle. Aber als er den Startknopf drückte, reagierte die Maschine nicht.

Jan prüfte den Stecker, der zu seiner Verwunderung jedoch ordnungsgemäß eingesteckt war. «Was ist mit der Mikrowelle los?»

Als niemand antwortete, schnappte er sich den Teller und platze damit ins Wohnzimmer. «Die Küche hat keinen Strom.»

Seine Mutter saß auf dem Sofa und blätterte in einer Zeitschrift, die sie sonst nie las. Sie schaute kurz auf und antwortete: «Das Essen war um viertel nach zwölf warm.» Dann vertiefte sie sich wieder in ihr Heft.

«Aber ich kann es ja auch jetzt aufwärmen.»

«Nein. Wir haben abgemacht, dass wir das Mittagessen gemeinsam einnehmen. Wenn du nicht zur rechten Zeit da bist, isst du das Essen kalt. Das ist die Abmachung.»

«Dieser Abmachung habe ich nie zugestimmt!»

«Zugegeben, das ist mein Fehler. Ich hätte darauf bestehen müssen, dass du zustimmst. Aber gehört hast du es.»

«Ich dachte, das sei nur so eine Redewendung.»

«Ist es nicht, wie du siehst.»

«Ich wurde aufgehalten. Ich hatte wirklich alles daran gesetzt, rechtzeitig hier zu sein, aber Marlena hatte ein dringendes Anliegen.»

«Und was war gestern der Grund, dass du die Computer-Zeit um zwei Stunden überzogen hast?»

Jan holte Luft.

Aber seine Mutter kam ihm zuvor. «Ich will es gar nicht wissen. Diese Diskussion hatten wir schon so viele Male. Heute möchte ich nun ein einziges Mal nicht darüber reden. Ich habe wirklich keine Lust, meinen ganzen Zeitplan nach deiner Laune zu richten. Wenn du etwas essen willst, dann isst du das kalt und sonst lässt du es bleiben.»

Jan seufzte. Kartoffeln und Fischstäbchen konnte er beim besten Willen nicht kalt herunterschlucken. Er stellte den Teller auf den Küchentisch und packte in seinem Zimmer die Kleider in den Rucksack. Er war froh, für ein paar Tage wegfahren zu können.

Im Großen und Ganzen hatte er es ja gut mit seinen Eltern, aber seit sie ein neues Erziehungsbuch gelesen hatten, ließen sie sich nicht mehr alles gefallen. Vorher gab es regelmäßig lange Diskussionen über die unterschiedlichsten Themen. Es ging immer hitzig zu. Argumente und Gegenargumente folgten auf Anschuldigungen und Gegenanschuldigungen, bis alle frustriert auseinanderliefen. Das war nun nicht mehr so. Er merkte, dass er sich seinen Eltern anpassen musste und nicht mehr umgekehrt. Das nervte ihn gewaltig.

Fertig packen

Ein großes Wohnmobil fuhr aus der Einfahrt, als Luca mit seinen Freunden in die Straße einbog.

Der Fahrer stoppte das Gefährt und kurbelte die Scheibe herunter. «Ich fahre noch schnell zur Tankstelle, um den Reifendruck zu messen. Die Einkäufe könnt ihr in den Anhängern lassen, die laden wir dann direkt ins Wohnmobil um.»

Luca nickte seinem Vater zu, während er sein Fahrrad auf dem Rasen neben der Straße abstellte.

Dann fuhr Herr Leuenberger davon.

Lucas Mutter schaute um die Hausecke und begrüßte die Kinder. «Kann mir jemand beim Tischdecken helfen? Wir essen im Garten.»

«Könnt ihr das übernehmen?», fragte Luca die beiden Mädchen. «José und ich suchen im Internet nach den Vorlieben von Dajana. Vielleicht finden wir einen Hinweis, wo sie hingegangen sein könnte.»

Die beiden Mädchen machten sich ohne Widerrede auf den Weg hinters Haus. Sie hatten ja zugestimmt Marlena zu helfen, also mussten sie jetzt auch ihren Teil dazu beitragen – und mit Lucas Mutter war es ja immer lustig.

Luca schnappte sich den Tablet-Computer seiner Eltern und schaute, was die Suchmaschine alles über Dajana wusste.

Es waren kaum Einträge über sie zu finden. Einzig ihr Facebook-Profil gab ein paar Bilder und einige ihrer «Likes» preis.

«Wow, hat sie das Bild selber gemalt?» José deutete

auf eine Zeichnung, die Dajana vor drei Tagen gepostet hatte.

«Wenn man den Kommentaren ihrer Freundinnen glauben kann, wohl schon.» Luca öffnete die Ansicht aller Kommentare. Da stand: «Du bist ja mega begabt!» und «Malst du mir auch mal ein Bild?»

Die beiden betrachteten das Gemälde eine Weile. Schön gezeichnet war es auf jeden Fall. Es zeigte einen Vater mit seiner Tochter, wie sie gemeinsam einen Sonnenuntergang betrachteten. Der Malstil war abstrakt und wurde durch die Wahl surrealistischer Farben besonders hervorgehoben. Ebenso zierten kunstvolle Striche und unterschiedlich große Zahlen das ganze Bild.

«Wer ist ‹Pumpkin55›?», wollte José plötzlich wissen. Er zeigte auf die Unterschrift unten rechts auf dem Bild.

Luca kratzte sich am Kinn. «Das wäre dann wohl ihr Künstlername.»

«Gut möglich.»

«Für mich klingt es zwar eher wie ein Nickname als wie ein Künstlername», dachte Luca laut.

«Was spielt das für eine Rolle? Spitzname ist Spitzname.»

«Ein Künstlername ist doch kein Spitzname.» Luca schüttelte den Kopf. Plötzlich hielt er inne. «Vielleicht finden wir mehr über sie heraus, wenn wir ‹Pumpkin55› eingeben!» Luca berührte sanft den Bildschirm mit seinen Fingern und gab so den Suchauftrag ein.

Sofort erschien eine lange Liste mit Einträgen von Pumpkin55 bei eBay, Buchrezensionen bei Amazon, aber auch in mehreren Diskussionsforen.

«Was willst du über Dajana wissen? Ich kann dir sagen, welche Bücher sie liest, was sie auf eBay so kauft und verkauft, welche Produkte sie in der Tauschbörse anbietet, was sie beim Elektrodiscount gekauft und bewertet hat ...»

José war von der Fülle an Informationen überfordert. «Ich weiß gar nicht, ob ich das alles wissen will. Und was nützen uns all die alten Einträge?»

«Du hast recht. Ich grenze die Suche auf den letzten Monat ein.» Luca begann sofort wieder zu drücken.

«Das kann man?»

«Klar, schau da. Also bei Amazon hat sie zuletzt einen Reiseführer für das Wallis bewertet: ‹Schweizer Bergkanton entdecken›– vorgestern. Vor zwei Wochen ist eines ihrer Angebote auf eBay erfolglos abgelaufen. So ein altes Handy will natürlich niemand mehr. Ich grenze die Suche mal auf die letzte Woche ein.»

José zeigte auf die nun erscheinenden Einträge. «Was ist ‹Forilium›?»

«Das ist ein Schülerforum, wo man alle möglichen Fragen posten kann. Da war Pumpkin55 in der letzten Woche ja ziemlich aktiv.» Luca klickte auf den obersten Eintrag. Da stand:

Pumpkin55	Was würdet ihr tun? Ich habe meinen Vater noch nie getroffen. Aber gestern habe ich einen Brief von ihm erhalten. Soll ich ihn treffen?
Mimi-x	Ich würde mit meiner Mutter darüber reden.
Pumpkin55	Meine Mutter ist tot und meinen Pflegeeltern will ich nichts davon sagen. Sie überlegen sich nämlich, mich zu

adoptieren. Wenn das mit meinem Vater nichts wird, will ich das mit der Adoption nicht vermasseln. Sie sind lieb. Ich will sie nicht beunruhigen.

Mimi-x Du hast ja eine verkorkste Geschichte.

Kaum hatten sie zu lesen begonnen, rief Frau Leuenberger zum Essen.

«Das ist ja ein Ding!», rief Luca aus. «Die ist sicher zu ihrem Vater gefahren.»

José stand auf. «Nimm das Tablet mit. Wir müssen herausfinden, wo ihr Vater ist. Dann finden wir auch Dajana. Fall gelöst und wir fahren in die Ferien.»

Als sich die beiden an den gedeckten Tisch setzten, konnten sie es nicht unterlassen, weiterzulesen.

Pumpkin55 Einerseits habe ich Angst davor meinen Vater zu treffen. Was ist, wenn ich enttäuscht von ihm bin? Was ist, wenn ich herausfinde, dass schlechtes Blut in meinen Adern fließt? Aber andererseits habe ich auch ganz viele Fragen: Wer bin ich? Was macht mich besonders? Von wem habe ich meine roten Haare? Warum bin ich ein so ausgeprägter Morgenmuffel?

Mimi-x Du hoffst nun Antworten auf deine Fragen zu bekommen, indem du deinen Vater triffst?

Pumpkin55 Wie kann ich sonst herausfinden, wer ich bin?

Herr Leuenberger setzte sich nun auch an den Tisch und sprach ein Dankgebet. Dann wurden die hungrigen Mäuler gestopft.

Am Tisch erzählte niemand etwas über Dajanas Verschwinden. Luca wollte nicht, dass seine Eltern sich einmischten und ihnen womöglich noch verboten weiter zu recherchieren.

«Habt ihr euch schon entschieden, wo wir hinfahren werden?», fragte Herr Leuenberger in die Runde.

Die Kinder schüttelten die Köpfe. Eigentlich wollten sie sich vor dem Mittagessen einigen, aber wegen der Sache im Einkaufsladen und mit Dajana hatten sie das ganz vergessen.

«Es wäre gut, wenn wir uns bald auf ein Ziel festlegen würden, damit wir für heute Abend noch einen Stellplatz reservieren können.»

«Der Wetterbericht hat für die ganze Schweiz schönes Wetter vorausgesagt. Ihr könnt also wohin ihr wollt», sagte Frau Leuenberger und reichte die Salatschüssel herum.

«Am besten fahren wir an den Bodensee oder den Genfersee», erklärte José mit vollem Mund, «es soll ja eine Reise zum Ausspannen werden. Also sicher nicht in die Berge!»

Die andern stimmten ihm zu.

«Jan kommt in wenigen Minuten. Wir können ja entscheiden, wenn er da ist», schlug Luca vor.

Nach dem Essen löste sich die Tischgemeinschaft schnell auf. Jeder hatte noch zu tun bis zur Abreise.

Jan traf ein und stellte seinen Rucksack neben das Wohnmobil. Dann rannte er zu Luca, der in seinem

Zimmer auf ihn wartete und ihm vom Fenster aus aufgeregt zugewinkt hatte.

«Wir haben schon einiges herausgefunden», begann Luca und erzählte ihm alles über Dajana und ihren echten Vater. «Wir haben gerade eben Marlena angerufen und sie gefragt, ob sie weiß, wie Dajanas richtiger Vater heißt, aber ...»

«... nicht mal ihre Pflegeeltern wissen das», beendete José den Satz.

«Habt ihr sie auch gefragt, ob der Brief ihres Vaters irgendwo in Dajanas Zimmer herumliegt?», wollte Jan wissen.

Luca verzog sein Gesicht und griff zum Telefon. «Hallo Marlena, ich bin's noch mal. Im Forum steht, dass sie einen Brief bekommen hat. Liegt zufällig ein Brief in ihrem Zimmer herum? – Ja, dort drin könnte stehen, wo sie hingegangen ist. – Schon gut, ich warte.»

«Welcher ist ihr letzter Eintrag?», fragte Jan dazwischen.

Luca zog mit dem Finger den letzten Eintrag nach oben und deutete darauf. «Der ist von vorgestern Abend.»

Pumpkin55	Ich habe mich entschieden. Ich werde meinen Vater treffen.
Mimi-x	Viel Glück! Bin schon gespannt darauf, was du erzählen wirst!

«Okay, da haben wir's. Wir brauchen also nur den Brief, dann werden wir wissen, wo sie ihren Vater sucht.» Jan schaute fragend zu Luca.

Aber dieser wartete noch immer darauf, dass Marlena sich zurückmeldete.

«Und, hast du zu Hause Rüffel kassiert?», fragte José, während sie warteten.

Jan winkte bestimmt ab. «Ich will nicht darüber reden.» Dann wechselte er das Thema: «Wann schaut Dajana wohl das nächste Mal ins Forum? Wir könnten ihr da eine Nachricht zukommen lassen.»

Luca schüttelte den Kopf. «Das würde ich mal lieber bleiben lassen. Ich glaube nicht, dass sie scharf darauf ist, von irgendwelchen Jungs ihrer Schule gesucht zu werden. Wenn sie weiß, dass wir das lesen, postet sie sicher nichts Persönliches mehr. Wir beobachten das Ganze lieber still. Vielleicht postet sie noch mehr Hinweise zu ihrem Aufenthaltsort ... ja, ich bin noch da. – Okay, schade. – Vielen Dank.»

«Kein Brief im Zimmer?»

Luca schüttelte den Kopf. «Vermutlich hat sie ihn mitgenommen.»

«Dann war's das wohl. Wo sind eigentlich die Mädchen?» Jan schaute durchs Fenster nach draußen. Er sah, wie sie Frau Leuenberger halfen den Tisch abzuräumen.

Luca erschrak, als das Telefon in seiner Hand klingelte. «Luca?»

«Vielleicht hilft euch das noch weiter», sprach Marlena auf der andern Seite der Leitung, «Dajana hat eine Geheimnis-Box. Im Kinderheim gab es gemeine Jungs, die keine Rücksicht auf die Privatsphäre der anderen genommen hatten. Deshalb hat sich Dajana angewöhnt, immer irgendwo außerhalb des Heims eine Box mit ihren ganz persönlichen Gegenständen zu verstecken. Seit etwa einem Jahr hatte sie diese Box in ihrem Zimmer. Aber die ist jetzt weg. Vielleicht hat sie den Brief dort hineingelegt und die Box wieder irgendwo vergraben.»

«Kannst du uns einen Hinweis geben? Wir können ja nicht die ganze Stadt umgraben ...»

«Nein, ich weiß nur, wie sie aussieht. Sie ist aus Metall, hat eine lila Farbe und oben auf dem Deckel ist eine Zeichnung von einem Schwert und einem Herz aufgedruckt.»

Luca stutzte. Dieses Schwert und das Herz hatte er schon irgendwo gesehen. «Danke für den Tipp. Tschüss.» Luca blätterte auf dem Tablet-PC zurück zu Dajanas Facebook-Profil. Dann vergrößerte er das Bild des Sonnenuntergangs. «Wie oft seht ihr auf dem Bild ein Schwert oder ein Herz?»

Jan zählte je zwei. «Insgesamt vier Mal. Warum?»

Luca erzählte den beiden von der Geheimnis-Box. «Marlena vermutet, dass sie die Box samt dem Brief irgendwo außerhalb des Hauses versteckt hat.»

Alle drei starrten auf das Bild und versuchten daraus schlau zu werden.

Als Erstes gab José auf. «Also ich weiß nicht, wie wir da weiterkommen sollen. Kommt, wir helfen deinem Vater beim Einladen und fahren los.»

«Schalte bitte mal draußen im Flur den Drucker ein», bat Luca.

Kurz darauf kam Jan mit dem ausgedruckten Bild zurück ins Zimmer.

Luca nahm einen Stift zur Hand und umkreiste einige Zahlen.

«Was soll das?», fragte José ungeduldig.

«Einen Moment, bitte.» Luca begann die Zahlen auf ein leeres Blatt zuschreiben. «Zu jedem Schwert und jedem Herz gehört eine Reihe von Zahlen. Je zwei große, zwei mittlere und ein paar kleine. Alle beginnen mit den gleichen zwei Zahlenpaaren. Wisst ihr, was das ist?» Er streckte den beiden das Blatt mit den Zahlenreihen unter die Nase.

José schüttelte den Kopf.

Aber Jan wagte einen Versuch: «Das könnten Koordinaten sein.»

Luca strahlte übers ganze Gesicht. «Genau. Die Koordinaten von unserem Haus sehen ganz ähnlich aus. Ich vermute, dass die Zahlenreihen alles Koordinaten von Orten in unserer Umgebung sind.»

«Du sollst aber nicht vermuten, sondern nachschauen. Worauf wartest du noch?» Jan beugte sich tief über das Tablet.

Tatsächlich ergaben die vier Koordinaten vier Orte im Umkreis von ein bis zwei Kilometer um das Schulhaus. Luca druckte für jede Koordinate einen Kartenausschnitt aus.

«Das ist wie das Spiel ... Wie heißt es noch mal?» Jan wedelte mit dem Finger suchend in der Luft.

«Geocaching», antwortete José prompt. «Mein Cousin spielt das wie verrückt. Jedes Wochenende lädt er sich solche Koordinaten aus dem Internet herunter und fährt dann los, um das Versteck zu finden.»

«Auf! Suchen wir die Box!»

Auf Schatzsuche

Es dauerte nicht lange, bis Jan & Co. einsatzbereit waren.

Luca bekam den Ort zugeteilt, der am wenigsten weit entfernt war. Er musste schnell zurück sein, um seinem Vater beim Laden des Campers zu helfen.

José schaute von einer Karte zur anderen. «Warum braucht Dajana eigentlich vier Verstecke? Würde nicht auch eines ausreichen?»

Anna rief über die Schulter zurück: «Das verstehen Jungs eben nicht.» Dann trat sie in die Pedale und folgte Lena. Sie bildeten zusammen einen Suchtrupp.

Plötzlich tauchte Herr Leuenberger an der Gartenhecke auf. «Wo geht ihr denn jetzt noch hin? Wir wollen doch bald abfahren!»

«Wir müssen noch schnell etwas erledigen. Ich bin in fünf Minuten zurück und helfe dir beim Einladen.» Luca winkte seinem Vater zu und fuhr los.

«Das will ich hoffen, ich bin nämlich nicht euer Diener!», rief Herr Leuenberger den Kindern nach.

*****

Rund zwanzig Meter von dort, wo Luca gemäß Karte das Versteck vermutete, stieg er vom Fahrrad. Nun gab er die Koordinaten in sein Smartphone ein, um mit Hilfe des GPS die genaue Stelle zu finden.

Das Gerät lotste ihn vom Waldrand immer tiefer ins Dickicht hinein. Das Unterholz war wild verwachsen und von Dornen durchdrungen.

Luca biss die Zähne zusammen und stampfte mutig vorwärts. Er hatte dank der Karte auf seinem Handy stets das Ziel vor Augen.

Ein großer Ast versperrte ihm den Weg.

Luca drückte ihn mit aller Kraft beiseite und zerkratzte sich dabei das Bein. «Jan schuldet mir was», brummte er. «Hatte Jan nicht gesagt, dass er Dajana etwas schulde? », schoss es Luca durch den Kopf. Was es wohl war? Jan hatte doch sonst keine Geheimnisse vor ihm.

Nun war Luca da. Das Smartphone zeigte genau die gleichen Koordinaten an wie die, die auf dem Bild aufgemalt waren.

Der Junge schaute sich um. Hier war in den letzten Tagen, wenn nicht Wochen, bestimmt niemand gewesen. Mit dem Schuh versuchte er, den Boden frei zu machen, aber es gelang ihm nicht. Der Humus war ganz hart und von Wurzeln durchzogen. Wenn Dajana den Brief hier vergraben hätte, würde man das sofort sehen. Aber Luca sah weit und breit keine Spuren von menschlichem Eingreifen.

*****

Jan und José erreichten den ersten der beiden Punkte auf der Karte, die ihnen zugeteilt waren. Sie stellten ihre Fahrräder an einer Buchenhecke ab.

Hinter den Blättern hörten sie Männerstimmen und jemand schrie Befehle herum.

Sie verstanden die undeutlichen Worte aus der Ferne nicht.

Jan drehte die Karte in die richtige Richtung. Die gesuchte Stelle befand sich rund fünfzig Meter hinter der Buchenhecke.

«Wie kommen wir auf die andere Seite?», fragte José und blickte sich suchend um.

Weiter vorne löste ein Maschendrahtzaun die Hecke ab. Die Jungs rannten schnell dorthin.

Jan kletterte über den Zaun und lehnte sich gegen die kahle Betonmauer, die auf der andern Seite etwa drei Meter aus der Erde in die Höhe ragte.

«Wo sind wir hier?», fragte José, als nun auch er sein Bein über den Zaun schwang.

«Keine Ahnung. Wir müssen in diese Richtung.» Jan schlich an der Betonmauer entlang und schaute vorsichtig um die Ecke. «Das scheint irgendein Übungsgelände zu sein. Da stehen noch mehr Betonbauten herum.»

«Hoffentlich üben die nichts Gefährliches», grübelte José und lehnte sich neben Jan gegen die Wand.

Dieser studierte die Karte. Dann deutete er auf einen kleinen Hügel in der Mitte der Anlage. «Das Versteck ist mitten auf diesem Hügel. Warte mal ...» Jan schaute nochmals hinter der Mauer hervor. «Durch den Hügel führt eine Röhre. Vielleicht ist die Box ja unterirdisch!»

«In der Röhre können wir uns zumindest verstecken und von dort aus den Hügel inspizieren. Siehst du irgendwo den Mann, der herumgeschrien hat?»

«Nein, aber oben auf dem Hügel stehen Holzmänner. Vielleicht war es einer von ihnen.» Jan lachte. «Für was sie die wohl brauchen?»

«Dekoration?» José rümpfte die Nase.

Sein Freund blickte nochmals um das Ende der Mauer. Durch die Öffnungen eines der Betonhäuser sah er, wie sich Menschen bewegten. «Wenn wir vorsichtig genug sind, sehen sie uns nicht.»

«Wir müssen ja nur schnell ins Versteck, packen die

Box und verschwinden wieder», fasste José den Auftrag zusammen.

Jan nickte und rannte vorsichtig auf den Zehenspitzen los.

José folgte ihm dicht auf den Fersen, bis sie sich hinter dem nächsten Betongebäude verstecken konnten.

Jan bog um die nächste Hausecke und José folgte ihm.

Aber kaum war Jan um die Ecke gebogen, ging er so schnell wieder rückwärts, dass José nicht mehr bremsen konnte. Er stieß mit ihm zusammen und fiel rücklings zu Boden.

«Was zum Geier», stieß José hervor, als er sich wieder aufrappelte.

Jan warf hinter seinem Rücken die Karte in Josés Richtung und trat dann wieder um die Ecke davon. «Guten Tag», sagte er unschuldig zu irgendjemand, den José nicht sehen konnte.

«Was machst du hier?», brüllte eine tiefe Stimme.

«Ich wollte mich nur mal umsehen», antwortete Jan.

«Das ist gefährlich. Wir machen hier Übungen, bei denen schon mal Gummigeschosse durch die Luft fliegen können.»

José überlegte eifrig, was er nun tun sollte. Er starrte auf die Karte, die vor ihm auf dem Boden lag, und plötzlich dämmerte es ihm: Jan wollte, dass er allein zum Versteck ging, während er den Mann ablenkte. Schnell schlich José auf der anderen Seite um das Betonhaus herum.

Jan hatte aber nicht nur einen Mann abzulenken; er stand fünf Männern und drei Frauen in Polizeiuniformen gegenüber.

«Ach so, das hier ist eine Polizeischule. Spannend. Ab welchem Alter kann man sich für diese Schule anmelden?», fragte Jan mit gespielter Naivität.

Der Kursleiter musterte den Jungen von oben bis unten. «Um bei der Polizei anfangen zu können, muss man sich aus allem Ärger raushalten. Personen mit Vorstrafen können wir hier nicht gebrauchen.»

«Was sind Vorstrafen?», spielte Jan auf Zeit. Er sah, wie José hinter den ungeduldig wartenden Polizeischülern vorbei in die Röhre schlüpfte.

«Mach dich im Internet schlau oder ruf das Büro der Polizeischule an», zischte der Klassenlehrer scharf. «Die können dir deine Fragen beantworten. Wir müssen hier weitermachen. Dort vorne ist der Ausgang.» Der große Mann mit der Glatze nickte einem seiner Schüler zu.

Dieser packte Jan am Arm, marschierte mit ihm bis zum Tor und schloss das Gitter hinter ihm wieder zu.

Jan sah es dem angehenden Polizisten an, dass es ihm Spaß machte, endlich einmal echte Polizeiarbeit verrichten zu dürfen.

Auf der Straße machte Jan ganz unschuldig ein paar Schritte, bis er außer Sichtweite war. Dann rannte er schnell zurück zu der Stelle, wo sie kurz zuvor über den Zaun geklettert waren.

Der Rücken schmerzte José, als er vornübergebeugt durch das Rohr watschelte und mit dem T-Shirt an der Betondecke entlang schliff. Er brauchte seine Hose für die Ferienreise, weshalb er sich unter keinen Umständen auf den Knien vorwärtsbewegen wollte.

Nach der halben Länge verzweigte sich die Röhre.

José schaute sich um. Wo könnte hier eine Box versteckt sein? Er tastete sich an den Wänden entlang – da war alles aus Beton und garantiert nirgends ein geheimes Versteck eines Schulmädchens.

José kramte genervt sein Handy hervor und wählte Jans Nummer. «Hier in der Röhre ist nichts.»

«Dann musst du wohl oder übel auch noch oben auf dem Hügel nachschauen gehen. Vielleicht gibt es dort ein Loch?»

«Wenn ich da hochklettere, sehen mich alle auf dem ganzen Gelände. Ich bin doch nicht doof!»

Jan dachte angestrengt nach und blickte über den Zaun zum Hügel hinüber, in dem José im Röhrensystem unterwegs war. Da ging ihm ein Licht auf: «Wenn du von der andern Seite her hochkletterst und dich hinter den aufgestellten Holzmännern versteckst, können sie dich kaum entdecken. Du musst es riskieren. Wenn du dich beeilst, hast du das Versteck gefunden, bevor irgendjemand bei dir ist.»

José war es bei dem Gedanken da hochzuklettern nicht wohl, aber er wusste, dass er es tun musste.

In diesem Augenblick hörte er Lärm, der immer lauter wurde. José bekam es mit der Angst zu tun. «Was ist das?», brüllte er ins Telefon.

Jan hörte es auch, aber er konnte von seinem Platz aus nichts erkennen. «Beeil dich besser mal. Wir sollten schon längst unterwegs zum nächsten Versteck sein.»

José nahm allen Mut zusammen und verließ die Röhre auf der andern Seite. Von dort aus kletterte er auf den Hügel. Er versicherte sich fortwährend, dass er von den hölzernen Männern verdeckt blieb.

Oben angekommen schaute er den Boden genau an. Er hatte keine Ahnung, wo er hier nach einem Versteck suchen sollte. Alles war mit Gras überwachsen.

«Hier gibt es kein Versteck», murmelte José vor sich hin.

Der Lärm wurde immer lauter. Es hörte sich an, als würde ein Lastwagen in Josés Richtung fahren.

«Ein Lastwagen fährt wohl kaum auf diesen Hügel hinauf», versuchte sich José zu beruhigen. Er vergewisserte sich, dass er von einem Holzmann verdeckt war und von unten nicht gesehen werden konnte.

Auf einmal spritzte Wasser in seine Richtung und eine Holzplatte nach der andern fiel krachend zu Boden. Der scharfe Wasserstrahl schoss die Figuren förmlich weg.

Bevor José realisierte, was vor sich ging, wurde auch er vom Wasserstrahl getroffen. Dieser war so stark, dass er rückwärts zu Boden fiel und den Hang hinunter rollte.

Jan hatte im letzten Moment das Fahrzeug mit dem Wasserwerfer kommen sehen und hatte versucht José zu warnen, aber noch bevor er die Handynummer wählen konnte, musste er mit ansehen, wie sein Freund vom Hügel gespült wurde.

José lag klitschnass in einer Pfütze. Von oben bis unten braun von der nassen Erde rappelte er sich verärgert auf.

Oben auf dem Hügel wurde weiterhin kräftig Wasser gespritzt, bis alle Holzfiguren auf dem Boden lagen.

Nun war es José egal, ob ihn jemand sah. Er wollte nur noch so schnell wie möglich weg von diesem gefährlichen Ort. Er rannte außen um den Hügel herum und an den Betonhäusern vorbei direkt auf den Maschendrahtzaun zu.

Jan erwartete ihn schon und streckte ihm oben am

Zaun die Hand entgegen.

José sprang und zog sich daran hoch.

Von Weitem hörten sie jemanden rufen, aber die beiden Jungs schauten sich nicht mehr um. Sie stiegen auf ihre Fahrräder und fuhren so schnell sie konnten davon.

«Was war das?», fragte José nach ein paar hundert Metern außer Atem.

«Jetzt weißt du, wie sich ein Demonstrant fühlt, wenn er von einem Wasserwerfer getroffen wird. Ich denke, die haben für einen Einsatz an einer Demo geübt. Du hättest nochmals auf den Hügel gehen und dich abspritzen lassen sollen. Deine Kleider wären so vielleicht wieder sauber geworden …»

«Du schuldest mir was», knurrte José und trat in die Pedale.

*****

Lena und Anna stellten ihre Fahrräder auf dem Waldweg ab.

Die Karte führte sie zu einem idyllischen Plätzchen. Vor ihnen lag ein Teich von ungefähr 20 Metern Durchmesser, der von Schilf und einzelnen großen Bäumen umgeben war.

«Hier sollten wir mal picknicken», schlug Anna erfreut vor.

Lena nickte und studierte die Karte. Sie schaute immer wieder ungläubig auf das Wasser hinaus und dann wieder auf die Zahlen, die Luca oben auf der Karte notiert hatte. «Die Koordinaten treffen sich mitten im Teich», sagte sie schließlich.

«Du meinst, die Box liegt auf der kleinen Insel? Womöglich sogar in der Entenhütte?»

«Das wäre auf jeden Fall ein super Versteck. Da kommt nicht so schnell einer hin», antwortete Lena kühl. «Aus diesem Grund ist das Entenhaus auch auf der Insel. So kann der Fuchs nicht an die Eier oder die jungen Enten ran.»

Das leuchtete Anna ein. «Siehst du irgendwo ein Boot?»

Lena lachte. «Eine von uns beiden muss hinüberschwimmen.»

«Ich nicht. Das Wasser ist dreckig und außerdem haben wir keine Badesachen dabei.»

«Wir haben aber keine Zeit, um welche holen zu gehen. Herr Leuenberger ist bestimmt schon abfahrbereit.» Lena zog eine Münze aus der Hosentasche. «Kopf oder Zahl?»

Anna konnte es noch immer nicht glauben, dass eine von ihnen ins Wasser steigen musste. Aber da sie noch die Hoffnung hatte, dass die Münze Lena zur Schwimmerin bestimmenwürde, sagte sie: «Kopf.»

Sofort warf Lena das Geldstück in die Luft und fing es elegant wieder auf. «Kopf. Du gehst.»

Annas Augen verfinsterten sich. «Du schuldest mir was», zischte sie, während sie sich Socken und Hose auszog. «Hier, halte mal.» Sie drückte Lena zusätzlich das T-Shirt in die Hand und stieg vorsichtig über zwei große Steine ins Wasser.

«Ist es warm?», rief ihr Lena nach.

«Halt die Klappe», zischte Anna. Nun ließ sie sich ganz ins Wasser gleiten und machte ein paar Schwimmbewegungen. «Iiii, ein Fisch schwimmt mir um die Beine!»

«Ich sehe keinen. Das ist sicher nur Seegras.»

Endlich spürte sie nahe der Insel wieder Boden unter den Füßen. Vorsichtig stieg sie über den rutschigen Untergrund aus dem Wasser.

«Pass auf!», rief Lena plötzlich. «Die Enten kommen, um ihr Nest zu verteidigen!»

«Mach jetzt keine Witze. Ich bin nicht in Stimmung.» Anna schaute sich auf der kleinen Insel um. Viele Möglichkeiten für ein geheimes Versteck gab es nicht.

«Kein Witz, sie kommen wirklich.»

Nun hörte Anna das Schnattern der Enten auch. Schnell warf sie einen Blick in die Entenhütte. Fein säuberlich ausgebreitet lag darin ein Nest, das Anna auf keinen Fall stören wollte. «Da ist nichts!», rief Anna ans Ufer hinüber.

«Schau noch mal nach.»

Die Enten waren nur noch wenige Meter von der Insel entfernt.

«Da ist schon lange nichts mehr verschoben worden. Ich komme zurück.»

Ein Hund bellte in der Ferne.

«Ja, beeil dich. Da kommt jemand.»

Das ließ sich Anna nicht zweimal sagen. Sie wollte sich nicht in Unterwäsche beim Stören eines Nestes erwischen lassen.

Da ihr die beiden Enten den Rückweg abgeschnitten, kletterte Anna auf der andern Seite der Insel ins Wasser zurück. Plötzlich rutschte sie aus und landete rücklings im Wasser.

Lena konnte sich ein Lachen nicht verkneifen, obwohl sie wusste, dass Anna wegen den nass gewordenen

Haaren gar nicht erfreut sein würde.

Mit kräftigen Schwimmzügen gelangte Anna schnell wieder zum Ufer zurück und flüchtete mit ihren Kleidern hinter das Schilf.

Kurz darauf bog ein Hund mit seinem Herrchen auf den Weg zum Teich ein. Dieser ließ den Hund von der Leine und nach einem kurzen Spurt badete der Köter vergnügt im Wasser.

«Hoffentlich lässt er die Enten in Ruhe», dachte Lena, während sie auf Anna wartete.

Als diese nach einer Weile immer noch nicht aus ihrem Versteck zurückkam, schaute Lena nach ihr.

Sie fand Anna hinter dem Schilf, wie sie gemütlich im Gras an der Sonne lag.

«Was machst du da?», fragte Lena irritiert. «In den nächsten Tagen hast du noch genügend Zeit fürs Sonnenbaden. Wir müssen los!»

Anna ließ sich nicht beeindrucken. «Sagt Jan, dass wir nichts gefunden haben. Bis dahin bin ich trocken und kann in die Kleider schlüpfen. Es sei denn, du kannst mir ein Badetuch reichen?»

Lena verdrehte die Augen und griff zu ihrem Handy. Sie erfuhr, dass die Jungs auch an allen andern Orten nichts gefunden hatten.

*****

«Pack bitte mal bei dieser Kiste mit an.» Herr Leuenberger schaute vorwurfsvoll zu seinem Sohn hinüber.

Luca stand nun bereits zum dritten Mal mit seinem Handy abseits und drückte sich vor der Arbeit. «Ich bin gleich bei dir», rief er zu ihm hinüber.

«Wo sind die anderen? Wollt ihr eigentlich gar nicht in die Ferien fahren?»

«Doch, natürlich. Sie sind gleich da», entgegnete Luca und wandte sich wieder dem Handy zu: «Ich verstehe das nicht, Jan. Bist du sicher, dass ihr an den richtigen Orten gesucht habt?»

«Hundert Prozent sicher. An keinem der Orte war ein Versteck, auch bei den Mädchen nicht.»

«Dann blasen wir die Sache halt ab. Kommt zurück, wir fahren in die Ferien.» Luca packte sein Handy ein und beeilte sich, endlich seinem Vater zu helfen.

*****

Jan trat in die Pedale und schlug den Weg ein, der zu Leuenbergers Haus führte.

Plötzlich bremste er abrupt ab, sodass José beinahe in ihn hineinfuhr.

«So fährt man doch nicht!», entsetzte sich dieser. «Was ist los mit dir?»

Jan blickte seinen Freund an. «Was hast du gesagt, als wir losgefahren sind?»

«Ich freue mich auf das Eis heute Nachmittag?»

«Nein. Du hast gefragt, warum Dajana vier Verstecke braucht.»

«Ja, das frage ich mich immer noch. Erst recht jetzt, wo wir wissen, dass an keinem der vier Punkte etwas versteckt war.» José schüttelte unverständig den Kopf.

«Was ist, wenn die vier Flecken gar nicht die Verstecke sind?»

«Sondern?»

Jan antwortete nicht und wählte stattdessen Lucas

Nummer.

«Ich habe jetzt wirklich keine Zeit!», rief Luca aus dem Lautsprecher.

«Verbinde die vier Koordinaten über Kreuz miteinander und gib mir die Koordinaten des Punktes durch, wo sich die Striche kreuzen.»

Luca verstand sofort, nur konnte er sich unmöglich noch einmal vor der Arbeit am Wohnmobil drücken. Am Ende würde sein Vater die Ferienfahrt noch abblasen.

Zu seinem Glück fuhren in diesem Augenblick die Mädchen in die Einfahrt.

Luca winkte sie zu den Esswaren hinüber, die noch eingeladen werden mussten. «Bitte räumt das alles in die Küche des Wohnmobils. Ich muss noch kurz etwas für Jan erledigen. Coole Frisur, Anna, was hast du gemacht?»

«Sie ist schwimmen gegangen», antwortete Lena, als Anna ihm nur einen mürrischen Blick zuwarf.

Luca eilte in sein Zimmer, wo er die Stadtkarte aufklappte. Er nahm Lineal und Bleistift zur Hand und zog zwei Linien über Kreuz und verband so je zwei Koordinatenpunkte miteinander. In der Mitte ergab sich ein neuer Fixpunkt. Schnell las er die Koordinaten heraus und schickte sie per SMS an Jan.

Danach eilte er wieder nach draußen und half bei den letzten Handgriffen der Reisevorbereitung mit.

*****

Jan und José stellten ihre Fahrräder zum dritten Mal ab, um ein Versteck zu finden. Zwei Mal waren sie bereits enttäuscht worden.

«Was denkst du? Haben wir diesmal mehr Glück?», fragte José, während er hinter Jan auf eine kleine Anhöhe im Stadtpark kletterte.

«Das werden wir gleich sehen. Dort unter dem großen Baum muss es sein.» Jan war als erster oben und begutachtete das markante Wurzelwerk.

Eifrig schauten sie unter jeden Winkel des unebenen Geländes. Die knorrigen Wurzeln boten mehrere mögliche Verstecke für eine Metallbox.

*****

Plötzlich klingelte Lucas Telefon. Er hielt gerade krampfhaft ein Fahrrad hinten am Wohnmobil fest, sodass er den Anruf nicht entgegennehmen konnte.

Sein Vater war in die Garage geeilt, um zusätzliche Kabelzüge zu holen.

Als der Klingelton wieder verstummt war, erklang Lenas Lieblingslied. «Lena?»

Jans Stimme am andern Ende klang ganz aufgeregt: «Wir haben die Box!»

Lena schaute zu Luca und Anna hinüber und hielt den Daumen hoch.

«Was ist drin?», wollte Luca sofort wissen.

«Es ist ein Zahlenschloss dran, aber José versucht es zu knacken», leitete Lena die Infos weiter.

«Dürfen wir da einfach so hineinschauen?», wunderte sich Anna.

«Jan meint, wenn jemand die Dings … warte, ich stelle auf Lautsprecher um.» Lena tippte das Smartphone an. «Sag es selber.»

«Wenn jemand die Koordinaten im Internet postet», krächzte Jans Stimme über den Lautsprecher, «dann ist das ja förmlich eine Einladung das Versteck suchen zu gehen. Und beim Geocaching nimmt man ja auch immer etwas aus der Box und legt etwas anderes hinein.»

«Aber wenn ein Schloss dran ist ...», entgegnete Anna.

Diesen Einwand ließ Jan nicht gelten. Sie hatten bereits zu viel Aufwand in das Auffinden der Box gesteckt, als dass sie jetzt einfach so aufgeben konnten. «Zudem wollen wir Dajana ja nur helfen. Ich melde mich, wenn José den Safe geknackt hat.» Jan beendete den Anruf.

Zur Erleichterung von Luca kam sein Vater zurück und so konnte er das Fahrrad endlich wieder loslassen.

«Damit wäre alles eingepackt», verkündete Herr Leuenberger, nachdem er den Fahrradträger gesichert hatte.

Luca suchte nach einer Möglichkeit, die Abfahrt noch etwas hinauszuzögern, da Jan und José noch nicht zurück waren. Er schlug vor: «Wenn alle nochmals auf der Toilette waren, können wir abfahren.»

«Aber in diesem Gefährt gibt es doch ein Klo!», entgegnete Anna, zu Lucas Entsetzen.

«Das stimmt», pflichtete Herr Leuenberger ihr bei und suchte in seinen Hosentaschen nach dem Autoschlüssel.

«Möchtest du nicht noch einen Kaffee trinken, bevor wir abfahren?», versuchte Luca erneut Zeit zu gewinnen.

«Das ist eine gute Idee. Ich bin gleich wieder zurück.» Herr Leuenberger verschwand im Haus.

Luca meldete sich bei Jan. «Ich weiß nicht, wie lange ich meinen Vater noch hinhalten kann, ohne dass er fragt, wo ihr steckt.»

«Es ist ein Brief drin!», schrie Jan voller Begeisterung.

«Ist er von ihrem Vater?»

Das Telefon blieb stumm.

«Hallo? Was steht drin?»

«Warte, ich lese», entgegnete Jan.

Luca schaute zum Haus hinüber.

Schon kam sein Vater mit einem dampfenden Kaffeebecher zur Tür raus.

«Macht euch besser auf den Rückweg, mein Vater ist abfahrbereit.»

«Wir sind in drei Minuten bei euch. Schau dir das Foto an.»

«Welches Foto?», fragte Luca, aber Jan hatte bereits aufgelegt.

Da vibrierte sein Handy und beantwortete sogleich die Frage.

Jan hatte ihm ein Bild des Briefinhalts zugestellt.

Die beiden Mädchen streckten ihre Köpfe dazu.

Der Brief war tatsächlich von Dajanas Vater. Er schrieb, dass er für kurze Zeit in der Schweiz sei und bald wieder ausreise. Wenn Dajana möchte, könne sie ihn in Zermatt treffen, er besitze dort in der Nähe eine Alphütte namens «Morgengruß Enzian». Ihr Vater hatte zudem eine Handy-Nummer angegeben und den Brief mit «Dein Vater» unterzeichnet.

«Das ist es also», folgerte Luca. «Dajana ist in die Berge gereist, um ihren Vater zu treffen.»

«Wo liegt Zermatt?», fragte Lena.

Luca schaute sie vorwurfsvoll an. «Das ist das Dorf unterhalb des Schweizer Wahrzeichens: dem Matterhorn!»

«Das Navigationsgerät ist betriebsbereit, ihr könnt mir sagen, wohin die Reise gehen soll», rief Herr Leuenberger durch die Seitentür nach draußen.

Luca schaute fragend von Anna zu Lena.

Beide nickten.

«Wir fahren nach Zermatt.»

«In die Berge?» Herr Leuenberger erschien ungläubig in der Tür des Wohnmobils. «Das verstehe ich nicht. Vor einer Stunde hieß es noch, wir würden zum Ausspannen an einen großen See reisen.»

Luca suchte nach einer passenden Erklärung, die nicht gelogen war. «Das Matterhorn haben wir noch nie live gesehen!»

Die andern beiden nickten. Sie waren in der Tat noch nie in Zermatt gewesen.

«Nun gut. Mir soll es recht sein. Ich liebe die Berge!» Herr Leuenberger ging zurück zum Fahrersitz und gab Zermatt ins GPS-Gerät ein. «Vielleicht kann ich noch einen alten Freund besuchen. Er wohnt im Kanton Wallis.»

In diesem Augenblick fuhren Jan und José verschwitzt in die Einfahrt.

«Wir fahren nach Zermatt ins Wallis», verkündete Anna.

José hatte sein Fahrrad noch nicht einmal abgestellt, als er zu protestieren begann.

Aber Luca machte ihm mit Handzeichen deutlich, dass er dies unterlassen sollte.

«Wir wollten doch an einen See!», zischte José nun leise.

«Dajana ist vermutlich in Zermatt», erklärte Luca,

«wir können ihr ja mal einen Besuch abstatten. Wenn alles okay ist, lässt sich Marlena beruhigen und wir sind morgen schon unterwegs an den Genfersee.»

José blickte skeptisch zu seinen Freunden hinüber. Er war nicht sicher, ob die Reise wirklich gemütlich werden würde.

Jan wusch sich den Schweiß von der Stirn. «Das ist doch der große Vorteil von einem Wohnmobil. Man kann spontan dorthin fahren, wo es einem am besten gefällt!»

Lena schaute José von oben bis unten an. «Worin hast du dich denn gewälzt? Deine Kleider sehen aus wie nach einer Schlammschlacht!»

«Ein Wasserstrahl hat ihn von einem Hügel geschossen», erklärte Jan, als sein Freund nur ein grimmiges Gesicht machte.

«Und Jan wird heute Abend auf dem Campingplatz meine Kleider waschen», ergänzte José.

Lucas Vater erschien wieder in der Seitentür. «Ich habe auf dem Campingplatz in Täsch angerufen. Sie haben noch freie Plätze. Reservieren kann man nicht, deshalb fahren wir jetzt besser schnell los. Steigt ein!»

«Wieso Täsch? Wir wollen doch nach Zermatt!», protestierte Luca, während er ins Wohnmobil stieg und sich an den Tisch setzte.

«Nach Zermatt können wir nicht fahren, das ist autofrei. Aber keine Angst, Täsch ist das erste Dorf davor und von dort fährt regelmäßig ein Zug ins Touristendörfchen.»

Jan setzte sich auf den Beifahrersitz neben Herrn Leuenberger, während sich José und die Mädchen hinten zu Luca um den Tisch drängten.

«Alle anschnallen! Die Reise kann beginnen», rief Herr Leuenberger, während er den Rückwärtsgang einlegte und das große Gefährt aus der Hauseinfahrt manövrierte.

«Haben Sie auch einen Glücksbringer an diesem Auto, Herr Leuenberger?» José lehnte sich nach vorn zum Fahrersitz.

«Wofür sollte ich den brauchen?», fragte der einzige Erwachsene im Fahrzeug, während er nun in den ersten Gang schaltete.

«Damit wir keinen Unfall bauen.»

«Mein Glücksbringer ist Gott», antwortete Herr Leuenberger und drückte aufs Gaspedal. «Ich bitte ihn um Bewahrung auf der Straße und um eine gute Reise.»

José verstand und setzte sich zurück auf die Bank.

Das Wohnmobil fuhr davon.

Unterwegs in die Ferien

Es herrschte eine fröhliche Stimmung im Wohnmobil.

Luca, José, Anna und Lena spielten am Tisch eine rasante Variante von UNO.

José zog eine CD aus seiner Tasche und reichte sie Jan, der in ein Gespräch mit Herrn Leuenberger vertieft war. «Schieb mal rein!»

Der Fahrer nickte und Jan legte die CD in den Player.

Coole Rhythmen von Jamaika-Musik füllten das Wohnmobil und trugen zur guten Ferienstimmung bei.

Dank der Musik konnten die vier hinten nicht hören, worüber in der Führerkabine gesprochen wurde. Deshalb traute sich Jan eine persönliche Frage zu stellen: «Meine Eltern sind oft überängstlich und bestehen darauf, dass ich pünktlicher als die Eisenbahn zu Hause bin. Sie sind ja auch Vater, ist es wirklich so schwer zu vertrauen, dass wir irgendwann nach Hause kommen?»

Herr Leuenberger war über die ehrliche Frage erstaunt. Er dachte kurz nach, bevor er antwortete. «Deine Eltern haben ja auch genügend Gründe dafür, Angst zu haben. Du hast ja den Hang dazu in nicht ganz ungefährliche Situationen zu geraten.»

Jan konnte sich ein Lächeln nicht verkneifen. «Aber es hat ja bis jetzt immer gut geendet. Wie könnte ich meine Eltern dazu bringen, dass sie mir mehr Freiheit gewähren?»

«Das ist ganz einfach. Gib deinen Eltern keinen Grund dazu, sich Sorgen machen zu müssen. Dann werden sie automatisch weniger Sorgen haben und dir mehr Freiraum geben.»

«Wie meinen Sie das?»

«Nehmen wir mal das Beispiel Filme schauen …»

«Das ist ein sehr gutes Beispiel», fuhr Jan dazwischen, «ich muss mir jede Minute erkämpfen, in der ich mir einen Film ansehen darf. Immer heißt es, ich würde zu viel fernsehen.»

«Schaust du denn zu viel?»

«Nein. Sie hätten wohl am liebsten, wenn ich mir gar keine Filme ansehen würde.»

«Gut, versuche deinen Eltern zwei Wochen lang immer einen Schritt voraus zu sein.»

«Was für einen Schritt?»

«Schalte den Fernseher immer etwas früher aus, als es deine Eltern von dir erwarten.»

Jan dachte nach.

Als dieser nichts sagte, fuhr Herr Leuenberger fort: «Welches Thema stresst dich im Moment am meisten?»

«Dass ich überpünktlich nach Hause kommen muss.»

«Dann gehe zwei Wochen lang immer etwas früher nach Hause, als es sich deine Eltern wünschen würden.»

Jan räusperte sich. «Wenn sie sagen, ich soll um neun Uhr zu Haus sein, dann komme ich um fünf vor neun zur Tür herein?»

«Nein. Schau nicht darauf, was sie sagen. Versuche herauszufinden, was sich deine Eltern wünschen. Du bist doch ein Detektiv, das sollte ja nicht allzu schwer für dich sein. Wann hätten sie am liebsten, dass du nach Hause kommst? Sie sagen zwar neun Uhr, aber vielleicht wäre es ihnen lieber, wenn du schon um acht da wärst?»

«Das kann ich mir gut vorstellen.» Jan nickte.

«Dann gehst du also zwei Wochen lang wann nach

Hause?»

«Um acht Uhr?», fragte Jan ungläubig.

«Genau!»

«Und das soll etwas bringen?»

«Deine Eltern werden sich weniger Sorgen machen. Und sie werden dir weniger Regeln geben.»

«Weil ja gar keine Regeln nötig sind», ergänzte Jan.

«Jetzt sind deine Eltern für dich die Polizisten, die dir etwas verbieten. Aber eigentlich könntet ihr ja beide auf der gleichen Seite stehen und zusammenarbeiten.»

Langsam begann Jan zu verstehen, was Herr Leuenberger sagen wollte.

Luca schaute zu den beiden nach vorne. «Kann ich dich hinten kurz sprechen, Jan?»

Dieser nickte und tauschte mit José den Sitzplatz.

«Wer hat gewonnen?», wollte Jan wissen, als er am Tisch angekommen war.

Lena strahlte übers ganze Gesicht.

«Gratuliere.»

Luca hielt Jan das Handy mit einem Foto auf dem Bildschirm unter die Nase. «Auf dem Brief von Dajana steht die Handynummer von ihrem Vater. Willst du mal anrufen und fragen, ob wir ihn und Dajana besuchen dürfen?»

«Warum sollte ich sie besuchen wollen?»

Anna winkte mit der Hand vor Jan hin und her. «Hallo! So erfahren wir, ob Dajana bei ihm angekommen ist und ob alles okay ist.»

Jan schaute sich das Foto mit dem Brief an. Es war ihm nicht wohl dabei, eine wildfremde Person anzurufen. «Was ist, wenn sie nicht zu ihm gegangen ist? Sollen wir ihm dann sagen, dass sie von zu Hause abgehauen ist?»

«Nein, es ist nicht unsere Aufgabe, private Dinge über andere Menschen weiterzuerzählen.» Luca räusperte sich. «Apropos private Dinge. Du hast gesagt, dass du Dajana etwas schuldig seist. Was hast du damit gemeint?»

Jan winkte ab. «Das geht euch nichts an.»

«Doch, es geht uns etwas an, wenn es deine Detektivarbeit beeinträchtigt», protestierte Luca. «Du darfst dich nicht von irgendwelchen Schuldgefühlen leiten lassen!»

«Ach, ihr seid ja alle so klug. Also gut, ich rufe ihren Vater an», lenkte Jan vom Thema ab und zog sein Handy aus der Tasche. «José, bitte mach die Musik etwas leiser.»

Alle schauten gespannt zu Jan hinüber, während sie den Summton hörten.

Nach etwa dreißig Sekunden gab Jan Entwarnung. «Es hebt niemand ab.»

«Wen wollt ihr anrufen?», fragte Herr Leuenberger neugierig.

«In Zermatt ist zurzeit eine Schulkameradin von uns», erklärte Luca scheinheilig. «Wir dachten, dass wir sie vielleicht besuchen können.»

«Wer denn?», hakte der Fahrer nach.

«Sie heißt Dajana und Jan schuldet ihr noch etwas», foppte Lena, weil sie es nicht fair fand, dass er es ihnen nicht verriet.

Herr Leuenberger schaute neugierig in den Rückspiegel. «Was denn, Jan?»

«Ich höre gerade nicht so gut», gab dieser zur Antwort und steckte sich demonstrativ Kopfhörerstöpsel in die Ohren.

Luca versuchte vom Thema abzulenken und fragte seinen Vater: «Wo wohnt denn *dein* Freund, den du besuchen wolltest?»

Damit war das Thema «Dajana» vom Tisch. Sein Vater erklärte, dass er diesen Freund aus der Zeit in der Berufsschule kannte, sie sich aber schon Jahre nicht mehr gesehen hatten.

*****

Das frühe Abendessen nahmen die Reisenden auf einer Raststätte im Unterwallis ein. In einem Gemeinschaftswerk bereiteten sie verschiedene belegte Toastbrote zu und genossen diese in der Abendsonne.

Die Stimmung war heiter.

Jan wählte nochmals die Nummer von Dajanas Brief, wieder ohne Erfolg.

Nach vierstündiger Fahrt erreichten sie den Campingplatz weit hinten im Mattertal.

Herr Leuenberger lenkte das Wohnmobil auf den zugewiesenen Stellplatz zwischen zwei hohen Bäumen.

Die Kinder waren überwältigt von den hohen Bergen, die den Campingplatz umgaben.

Lena, Anna und José bauten zügig das Zelt auf, in dem die beiden Mädchen schlafen würden. Die Jungs würden sich die Betten im hinteren Bereich des Wohnmobils teilen, während Herrn Leuenberger über dem Fahrerabteil übernachten sollte.

Luca und Jan schlichen sich schnell davon, um in Erfahrung zu bringen, wo sich die Hütte von Dajanas

Vater befand.

Neben dem Bahnhof fanden sie das Touristenbüro, das allerhand Informationen bereitstellte. Aber dieses hatte bereits geschlossen.

Die beiden steuerten auf ein Geschäft zu, in dem noch Licht brannte.

Luca stoppte kurz vor der Tür und deutete auf die Öffnungszeiten. «Die haben vor fünf Minuten geschlossen.»

Jan interessierte das nicht und öffnete die Tür trotzdem.

Sie traten in einen modernen Raum ein, in dem nebst verschiedener Souvenirs auch einheimische Produkte und massenhaft Beutel mit Kräutern ausgestellt waren.

«Wir haben geschlossen», begrüßte sie ein gut angezogener Mann.

«Die Tür war offen», entgegnete Jan. «Wir haben nur eine kleine Frage.»

«Wir suchen eine Alphütte mit dem Namen ‹Morgengruß Enzian›», fuhr Luca fort. «Können Sie uns sagen, wo wir diese finden können?»

«Normalerweise könnte ich das, aber jetzt habe ich den Computer bereits ausgeschaltet.» Der Mann schlüpfte in seine Jacke. «Ihr könnt morgen früh wiederkommen. Wir öffnen um 9 Uhr.»

Jan trat an den Tresen und zeigte auf seinem Handy das Facebook-Foto von Dajana. «Das Mädchen ist von zu Hause abgehauen. Wir vermuten, dass sie bei dieser Hütte ist.»

Der Mann schritt zur Tür und hielt sie offen hin, als klares Zeichen dafür, dass die Jungs das Lokal verlassen sollten.

«Ist es weit? Wir möchten noch heute Abend hin wandern und nachsehen, ob sie da ist», hakte Jan nach, ohne sich von der Stelle zu rühren.

Der Mann zuckte aber nur mit seinen Schultern. «Ihr hättet zehn Minuten früher kommen müssen.»

Auf einmal trat eine junge Frau durch die Tür. «Kommst du, Alois?»

«Seht ihr, ich werde erwartet. Los, raus mit euch!»

Die Frau erblickte die beiden Jungs. «Oh, hallo zusammen. Du hast noch Kundschaft?»

«Sie wollten gerade gehen.»

«Können Sie uns wenigstens sagen, wer sich mit den Hütten auskennt? An wen können wir uns wenden?»

«Was ist das Problem?», wollte die Blonde wissen.

Jan kam auf die Tür zu. «Wir suchen eine Schulkameradin, die von zu Hause abgehauen ist. Wir vermuten, dass sie sich in der ‹Morgengruß Enzian›-Hütte aufhält. Wir wissen, dass wir zu spät gekommen sind, aber wir möchten nur wissen, wo sich diese Hütte befindet.»

«Alois, du bist doch das wandelnde Lexikon dieses Tals. Du weißt doch alles. Sicher weißt du auch, wo diese Hütte ist.» Die Blonde schaute den Mann anerkennend an.

«Das ist eine der Hütten, die keine Kräuter liefert, deshalb weiß ich nicht genau, wo sie ist», rechtfertigte sich Alois.

Die Blonde lächelte zu Jan und Luca hinüber, dazu säuselte sie: «Du weißt also ungefähr, wo die Hütte steht?»

Der junge Mann wand sich hin und her. «Es könnte sein, dass ich noch eine Karte habe, auf der die Hütte eingezeichnet ist.» Der Mann ließ seine Freundin stehen und ging nochmals hinter den Tresen.

«Geht doch, Alois», rief sie ihm etwas spöttisch hinterher.

«Vielen Dank», sagte Jan beeindruckt von ihrer Überzeugungskraft. Für ihn war die Frau wie ein helfender Engel, den Gott ihnen geschickt hatte.

*****

Ausgerüstet mit einer Wanderkarte, auf der mit rotem Stift eine Hütte umkreist war, rannten Jan und Luca zurück zum Wohnmobil.

Unterwegs stoppten sie kurz bei einem Wegweiser für Wanderwege, um zu sehen, welche Wanderdauer für die Strecke angegeben war: drei Stunden bis zum Gipfel des Berges. Die Hütte lag aber auf weniger als dem halben Weg. Wenn sie sich beeilten, konnten sie also in etwas mehr als einer Stunde dort sein. Sie würden aber kaum vor zehn Uhr abends wieder zurück sein.

«Was machen wir, wenn uns dein Vater verbietet so lange wegzubleiben?»

Luca brauchte nicht nachzudenken und sagte: «Er wird es uns schon erlauben.»

«Warum bist du dir da so sicher? Meine Eltern hätten mich bestimmt um neun Uhr im Schlafsack sehen wollen.»

«Sei mal nicht so pessimistisch. Es wird schon gut», antwortete Luca.

Mittwoch, 31. Juli, 19:15

Abendwanderung mit Überraschungen

Schnell steckten Jan & Co. in Wanderschuhen und befanden sich auf dem Weg zur Alp.

«Ganz schön locker, dein Vater», bemerkte Jan, während er durch das Drehkreuz schritt, das die Kühe am Verlassen der Weide hinderte.

«Glaub mir, er hat auch weniger lockere Momente.»

«Was wäre gewesen, wenn wir um neun hätten zurück sein müssen? Wir hätten unsere Wanderung vergessen können.»

«Nein, mit meinem Vater kann man reden. Es wäre uns wohl nichts anderes übrig geblieben, als ihn in die Dajana-Mission einzuweihen. Dann wäre er mit uns mitgekommen und hätte uns so eine Ausnahmebewilligung gegeben.»

«Du hast schon ein großes Vertrauen in deine Eltern», bemerkte Jan etwas neidisch.

Luca nickte. «Sie sind es auch wert.»

Plötzlich blieb José abrupt stehen. «Hilfe! Die Kühe kommen direkt auf uns zu.»

«Was wollen die von uns?», fragte Anna und machte ein paar Schritte rückwärts.

«Kommt, wir wandern einfach schön ruhig weiter», sagte Jan und machte es gleich vor. «Dort oben hinter den Bäumen können wir uns verstecken, wenn sie uns zu stark auf die Pelle rücken.»

Die rund 25 Rinder kamen immer schneller auf Jan

& Co. zu.

Diese begannen um ihr Leben zu rennen.

Luca stolperte über einen Grasbüschel und fiel der Länge nach hin. Schnell rappelte er sich wieder auf und hastete weiter.

Hinter ihm wurde das Donnern der Rinderhufe immer lauter.

«Schneller!», rief Jan, als er zurückblickte.

Endlich erreichten sie die Tannen und fanden Schutz darunter.

Wie auf Kommando stoppten die Rinder wenige Meter vor den herunterhängenden Ästen.

Jan schaute sich um. Der nächste Zaun befand sich rund 200 Meter weit weg. «Wenn wir unter den Tannen durch robben und auf der andern Seite herauskommen, schaffen wir es vielleicht über den Zaun, bevor uns die Kühe entdecken.»

Die andern stimmten dem Plan zu und folgten ihm unter den herunterhängenden Ästen hindurch. Nach einem weiteren Spurt erreichten sie den Zaun.

Dank der Baumgruppe sahen die Tiere sie nicht und ließen sie diesmal in Ruhe.

*****

Sie waren keine 100 Meter gewandert, als ihnen drei japanische Touristen entgegenkamen.

«Hallo», begrüßte Jan die drei in der Hoffnung, dass sie ihn verstehen würden. «Da unten sind die Kühe etwas wild. Passen Sie auf.»

«Danke für Hinweis.» Zumindest der Größte von

ihnen hatte ihn also verstanden.

Die beiden Reisegruppen kreuzten sich auf dem schmalen Pfad und jede setzte seine Wanderung fort.

«Die haben viel Gepäck», bemerkte José. «Haben sie da oben irgendwo übernachtet?»

Jan & Co. konnten es nicht unterlassen einen Halt einzulegen, als die Japaner weiter unten die Kuhweide betraten. Neugierig schauten sie zu, ob die Rinder auch scharf auf Touristen asiatischer Herkunft waren.

Diese passierten die Tannengruppe und wanderten weiter talabwärts.

Auf einmal begann ein Rind zu schnauben und den Kopf auf und ab zu bewegen. Immer mehr machten es ihm gleich und nach kurzer Zeit setzte sich die Herde in Bewegung.

Immer schneller und schneller rannten sie mit gesenkten Köpfen auf die Wanderer zu.

Anna hielt sich vor Schreck die Hände vor den Mund. Sie sah, dass die drei es unmöglich über den Zaun schafften, bevor sie von den Tieren eingeholt wurden.

Aber diese Touristen waren nicht naiv. Sie spurteten los und hüpften flink von einer Graskuppel zur andern.

Begleitet von einer Staubwolke kamen die Rinder immer näher.

Dank ihrer Wendigkeit hatten die Japaner den Zaun bald erreicht. Aber da das Drehkreuz nur von einem nach dem anderen passiert werden konnte, sahen Jan & Co. schon vor sich, wie zumindest der Hinterste von den Hörnern aufgespießt werden würde.

Sie staunten nicht schlecht, als der vorderste Gejagte zu einem Sprung ansetzte und den Zaun mit einem Salto übersprang. Er rollte sich auf der andern Seite über das Gras ab.

Der zweite stützte sich an einem Zaunpfosten ab und schwang sich elegant hinüber, während der dritte auf den Mittelpfosten des Drehkreuzes sprang und sich dort mit den Füßen abstieß, um ebenfalls auf der andern Seite im Gras zu landen.

«Das war ja unglaublich! Das sind ja Kampfkünstler», rief José aus.

Die anderen nickten ehrfürchtig nach dieser Showeinlage.

Anna atmete erleichtert aus. «Ich hätte nie gedacht, dass die das schaffen. Ich war überzeugt, dass die Kühe sie erwischen.»

«Wir müssen für den Abstieg etwas Zeit für einen Umweg einplanen», sagte Jan und mahnte zum Weiterwandern.

*****

Obwohl Jan & Co. nicht unsportlich waren, keuchten doch alle, als sie nach eineinhalb Stunden kurz vor ihrem Ziel standen.

Sie setzten sich auf ein paar Steine, um die Beine zu entlasten, während Luca die Karte studierte. «Die Alphütte müsste hier irgendwo sein.»

José erblickte sie zuerst. «Dort hinten steigt Rauch auf. Das könnte die Hütte sein. Vielleicht kommen wir gerade rechtzeitig für ein Stück Fleisch vom Grill.» Er fuhr sich sehnsüchtig mit der Zunge über die Lippen.

Anna verdrehte die Augen. Immer diese Jungs und ihr Essen …

Jan stieg auf den Stein und schaute in die Ferne. «Von

hier aus sehe ich das Dach. Worauf warten wir noch?»

«Einen Moment.» Luca hielt die anderen zurück. «Was sagen wir, wenn wir nun auf Dajana und ihren Vater treffen?»

«›Hallo‹ natürlich», antwortete José ungeduldig.

«Verraten wir ihnen, dass Marlena uns geschickt hat?», bohrte Luca weiter.

«Das wäre ehrlich», gab Lena zu bedenken.

Jan dachte nach. «Wenn alles normal und friedlich aussieht, sagen wir es. Aber wenn uns irgendetwas merkwürdig erscheint, tun wir einfach überrascht, sie zu sehen.»

Lena und José stimmten zu.

«Das geht nicht. Die überraschten Augen müssen wir ja am Anfang machen und da wissen wir vielleicht noch nicht einmal, ob alles cool ist.» Luca hob die Augenbrauen fragend an.

«Ich habe die Lösung», triumphierte Anna, «wir klettern dort auf den Felsblock und beobachten die Hütte zuerst einmal aus der Ferne. Dann wissen wir mehr.»

Die andern nickten zustimmend.

Sie halfen einander, auf den Felsen zu klettern.

«Was siehst du?», rief José Anna zu, die als Erste oben ankam.

Anna zeigte mit dem Finger vor ihrem Mund an, dass er leise sein sollte. «Nicht viel», flüsterte sie. «Es ist niemand draußen.»

Die «Morgengruß Enzian» war eine typische Walliser-Alphütte mit dunklen Holzbalken und kleinen Fenstern.

«Aua!», rief Lena etwas zu laut, was ihr böse Blicke

einbrachte. «Was kann ich dafür, wenn Jan auf meine Hand tritt», rechtfertigte sie sich.

«Sorry. Ich passe nun besser auf», flüsterte Jan und kletterte nach rechts, um Lena mehr Platz zu lassen.

«Hey, kommt mal hoch», rief Anna gedämpft.

Luca kam als Nächstes oben an.

Anna deutete auf das Haus. «Ist es nicht merkwürdig, dass der Kamin rechts auf dem Dach steht, aber der Rauch dort hinten aufsteigt?»

Luca streckte sich, um über den Dachfirst sehen zu können. «Vielleicht ist das hier der Kamin für die Heizung und dort hinten ist der Rauchabzug der Küche. Die kochen vermutlich mit Holz, weißt du.»

Der Rauch wurde immer dunkler und breiter und als schließlich auch Jan oben auf dem Felsen angekommen war, züngelten schon Flammen im Rauch. «Das Haus brennt!», rief Jan nun ohne Rücksicht darauf, dass ihn jemand hören könnte. «Kommt schnell, vielleicht ist noch jemand in der Hütte drin.»

Auf dieser Seite des Felsens führte eine Böschung hinunter zu dem Chalet, sodass Jan & Co. das Haus schnell erreichten.

Die Fensterläden waren verschlossen, aber plötzlich erklang ein Geräusch aus der Hütte. Es klang, als würde jemand versuchen zu schreien, aber keine Luft bekommen.

Jan & Co. zuckten zusammen.

«Da ist jemand drin!», rief Anna.

Jan rannte zur Tür und versuchte sie zu öffnen, aber es gelang ihm nicht. «Die Tür ist verschlossen. Schaut auf der Rückseite nach, ob dort vielleicht ein Fenster offen ist!»

Luca und José kletterten auf der Seite des Hauses den Hang hinauf und rannten dann an der Rückseite entlang, während Jan an die Tür polterte. «Ist da jemand?!»

Anna machte sich an einem Fensterladen zu schaffen. Aber diese waren gegen alle Stürme gewappnet und gaben keinen Zentimeter nach.

Jan drückte sein Ohr an die Tür. «Ich glaube, ich habe noch mal etwas gehört.»

Lena kam hinzu und horchte ebenfalls an der Tür. «Vielleicht ist es nur das Feuer, das solche Geräusche macht.»

In diesem Moment kamen Luca und José auf der andern Seite des Hauses die Böschung wieder hinunter.

«Hinten ist auch alles verschlossen, außer dem Geräteschuppen und dem Plumpsklo», berichtete Luca, «aber die sind nicht mit dem Haus verbunden.»

«Die Flammen fressen sich langsam durchs Dach», berichtete José von seiner Beobachtung.

Plötzlich ertönte in der Hütte wieder ein heiserer Schrei, der den Kindern durch Mark und Bein ging.

«Da ist jemand drin!», schrie Jan, da die Geräusche der Flammen immer lauter wurden und er sich kaum noch selber hören konnte.

Das Holz knackte und krachte.

Jan rannte nervös hin und her. «Es muss doch eine Möglichkeit geben, hier hineinzukommen.»

«Warum kommt die Person nicht einfach raus?», fragte Lena entsetzt.

Anna hielt sich vor Schreck die Hand vor den Mund und stammelte: «Weil sie vermutlich nicht kann. Vielleicht ist sie verletzt!»

Luca hämmerte gegen einen Fensterladen. «Warum ist da überhaupt jemand drin, wenn alle Fenster fest verriegelt sind?»

Jan versuchte ein paar Mal ruhig durchzuatmen, dann schaute er sich um.

Die Flammen schossen nun schon einen Meter über das Dach hinaus und dicker Rauch stieg den Berg hoch.

«Alarmier du die Feuerwehr, Luca – wenn du Empfang hast.» Jan übernahm die Führung bei dieser Rettungsaktion. «José, wo ist der Geräteschuppen?»

José rannte mit Jan am Haus entlang zur Rückseite.

Die Tür zum Geräteschuppen ließ sich nur schwer öffnen. Eine umgefallene Schubkarre versperrte den Weg. An der Wand hingen Heugabeln und andere Geräte, die wohl nur noch von Bergbauern gebraucht wurden.

«Ist Dajanas Vater ein Älpler?», fragte José, als er all die Werkzeuge sah, aber er bekam von Jan keine Antwort.

Dieser schaute sich konzentriert um. Die Spinnweben machten ihm ausnahmsweise nichts aus, dafür war er viel zu beschäftigt. Er griff nach der größten Axt und quetschte sich damit an der Tür vorbei ins Freie. Dort legte er sich den langen Stiel auf die Schulter und rannte halb rutschend die Böschung hinunter zurück zur Vorderseite des Hauses.

«Geht von der Tür weg und holt Wasser beim Brunnen. José, zeig den anderen, wo sie Kessel finden», befahl Jan, während er das schwere Eisen von der Schulter auf den Boden rutschen ließ. Er umschloss mit beiden Händen fest den Holzgriff an dessen Ende. Von Weitem hörte er Luca am Handy sprechen.

Dieser gab den Namen der Hütte und die Koordinaten an. Er konnte diese aber nur mit Mühe ablesen, da er ganz zittrige Hände hatte.

Jan hob die Axt in die Höhe und schwang sie mit aller Kraft knapp oberhalb des Schlosses in die Tür.

Es krachte laut und die Axt blieb stecken.

Er zerrte daran, aber er konnte das Eisen nicht mehr herausziehen. «Luca, hilf mir!»

Dieser steckte gerade sein Handy in die Hosentasche und rannte zu ihm hinüber. «Die Feuerwehr ist unterwegs.»

«Pack mal mit an. Ich bringe die Axt nicht heraus.»

Jan stemmte sich mit einem Fuß gegen die Tür, während die beiden zusammen kräftig an der Axt zogen.

«Hast du ihnen gesagt, dass im Haus vielleicht jemand verletzt ist?», fragte Jan keuchend.

Luca nickte und zog noch stärker an der Axt.

«Beeilt euch», rief Lena, «die Flammen werden immer höher!» Sie rannte zusammen mit Anna wieder zum Brunnen.

«Wo ist José?», rief Jan den beiden nach.

«Er klettert aufs Dach, um ins Feuer hinunterzuschauen. Er will sehen, wer da drin ist.» Anna füllte einen großen Eimer voll mit Wasser.

Jan ließ die Axt entsetzt los. «Spinnt der?» Schnell rannte Jan um das Haus herum, während Luca weiter versuchte die Axt aus dem Holz zu ziehen.

Als Jan beim Geräteschuppen ankam, stand José bereits auf dem Dach.

«Komm sofort runter!», rief Jan mit wütender Stimme. «Das Dach kann jeden Moment einstürzen. Die tragenden Balken sind vielleicht schon durchgebrannt!»

Kaum hatte er das gesagt, ging ein Ruck durch das Gebälk.

José verlor das Gleichgewicht und fiel bäuchlings auf die Schindeln. Die Angst war von einer Sekunde auf die andere deutlich in sein Gesicht geschrieben. Neben ihm fielen mehrere Schindeln in den Wohnraum hinunter und José konnte die Flammen im Haus sehen. Sie breiteten sich immer weiter aus. Dicker Rauch stieg auf und nebelte ihn ein.

«Rutsch rückwärts vom Dach!», befahl Jan.

«Das ist viel zu hoch! Ich muss runterklettern.»

«Dafür bleibt keine Zeit. Rutsch herunter, ich versuche deinen Fall abzufedern!»

Wieder krachte es laut im Gebälk. Holz stürzte hinunter und noch mehr Flammen schossen in Josés Richtung. Die waren so heiß, dass seine Haare an den Enden anbrannten.

«Komm jetzt!», befahl Jan eindringlich.

Jetzt hatte José mehr Angst vor dem Feuer als vor der Höhe, deshalb stieß er sich mit den Händen ab, so dass er mit den Füßen voran über den Rand des Daches rutschte und rückwärts hinunterfiel.

Er landete unsanft mit den Füßen im Gras, aber Jan stand bereit und konnte seinen Rücken und Kopf vor einem harten Aufprall schützen.

Sie hörten, wie oben noch mehr Schindeln hinunterstürzten.

«Bist du wahnsinnig?» Jan schaute seinen Freund entgeistert an.

«Ich wollte doch nur helfen!», entgegnete José. Er rieb sich das Fußgelenk, das stark schmerzte.

Schnell rannte Jan wieder zur Vorderseite des Hauses und José humpelte hinter ihm her.

Jan erreichte den Vorplatz, als Luca die Axt nun schon zum dritten Mal gegen die Tür schlug. Oben und links des Schlosses war das Brett bereits durchbrochen.

«Bringt die Wassereimer hier zur Tür», rief Jan den Mädchen zu.

Luca hob die Axt erneut an, als Jan ihn daran hinderte: «Warte einen Augenblick! Geh bitte mal ein wenig zur Seite.»

Luca stellte die Axt auf den Boden, während Jan kräftig mit seinem linken Fuß gegen die Tür trat.

Diese gab krachend eine Hand breit nach. Sofort trat Rauch aus der schmalen Öffnung.

Jan holte ein paar Schritte Anlauf und warf sich diesmal mit der Schulter gegen die Tür. Nun brach das Holz um das Schloss herum ganz weg und die Tür knallte weit auf.

Der Junge stolperte vom Schwung getrieben in die Hütte. Der heiße Rauch biss in seinen Augen und brannte in der Lunge. Schnell trat er den Rückzug an und hustete dabei heftig.

«Bringt das Wasser her!», befahl Jan, während er sein T-Shirt auszog. Er tunkte dieses ins Wasser, das Lena ihm im Eimer entgegenstreckte. Dann hielt er sich den nassen Stoff über den Mund und die Nase und begab sich so erneut unter den Türrahmen. Von dort aus versuchte er etwas im Raum zu erkennen.

Dank dem Licht, das durch das defekte Dach fiel und den lodernden Flammen konnte er Umrisse von Gegenständen wahrnehmen: Ein Bett, ein Tisch, ein umgekippter Stuhl – Jan hielt inne. Neben dem Stuhl lag jemand auf dem Boden!

Er winkte Luca zu. «Hilf mir.» Den andern bedeutete er, dass sie das Wasser bei der Tür bereithalten sollten. «Für den Fall, dass ich oder die Person brennend herauskommen sollten.»

Jan holte nochmals tief Luft und schritt durch den Rauch ins Innere der Alphütte.

Die Mädchen trugen zusammen den zweiten Eimer voll Wasser vor die Tür.

Luca versuchte durch den Rauch zu erkennen, was Jan tat. «Jetzt ist er bei der Person.»

In diesem Moment kam auch José humpelnd dazu. «Komm schnell wieder raus!», rief er angespannt hinein. Er wusste, dass man von Rauch schnell bewusstlos werden konnte. «Warum kommt er noch nicht zurück?»

Luca sah, wie Jan die Person am Fuß zog. Aber irgendetwas schien sie zurückzuhalten, Jan kam nicht vom Fleck.

Luca zog nun ebenfalls sein T-Shirt aus, tauchte es in den Eimer und hielt es sich vor die Nase. So eilte er Jan zu Hilfe. Seine Augen brannten so stark, dass er schon nach drei Schritten nichts mehr erkennen konnte. Hastig tastete er sich vorwärts, bis er Jan spürte. Dann kniete er sich nieder, um am Boden die Person zu finden. Er spürte ein Hosenbein.

«Der Stuhl klemmt», keuchte Jan durch das T-Shirt.

Luca tastete sich weiter nach vorne, als Jan wieder am Bein der Person zog.

Da bewegte sie sich samt dem Stuhl etwa einen halben Meter.

Etwas Hartes schlug Luca unsanft an den Kopf. Ein stechender Schmerz durchzuckte seinen Schädel. Er erstastete das Holz vor seinem Kopf. Es war ein Tisch, zwischen dessen Beine sich der Stuhl verfangen hatte.

Schnell stieß Luca kräftig gegen den Tisch, bis dieser zur Seite kippte und umfiel.

Nun gelang es Jan, die Person unter dem Stuhl hervorzuziehen und rückwärts zur Tür zu schleifen.

Luca taumelte. Die Atemnot wurde stärker und ihm wurde schwindlig. So schnell er konnte, robbte er auf allen vieren in die Richtung, in der er die Tür vermutete. Auf einmal wurde es ihm ganz übel in der Magengegend. Er öffnete seine Augen einen kleinen Spalt breit, was grausam brannte. Er sah die Umrisse der Tür und robbte weiter auf sie zu, aber seine Sinne schwanden immer mehr.

Plötzlich spürte er, wie mehrere Hände seine Arme packten und ihn unsanft über die Türschwelle zerrten.

Draußen an der frischen Luft klärten sich seine Gedanken bald wieder auf.

José und Anna beugten sich über ihn und tätschelten sein Gesicht.

«Lasst das, bitte», keuchte er nach Luft ringend.

Die beiden quittierten das mit einem erleichterten Seufzer. Sie waren froh, dass ihr Freund bei Bewusstsein war.

Gleich daneben beugte sich Lena über das Mädchen am Boden.

Jan saß daneben. «José, hilf mir ihr Halstuch zu lösen», befahl er. «Wenn Luca ja jetzt wieder spricht, können wir eure Hilfe hier drüben gebrauchen.»

Jans unsensible Aussage holte Luca vollends in die Realität zurück. Es war tatsächlich Dajana, die neben ihm auf dem Boden lag. Luca setzte sich auf. «Lebt sie noch?»

«Nur ruhig», ermahnte ihn Anna, «erhol dich erst mal.»

Lena beugte sich über Dajana und tat, was sie in der Jungschar über Erste Hilfe gelernt hatte. Sie hielt der Bewusstlosen ihre Hand um den Kiefer und drückte mit dem Daumen die untere Lippe nach oben, sodass der Mund verschlossen blieb. Die Luft, die sie ihr in regelmäßigen Abständen sanft in die Nase blies, sollte ja nicht wieder durch den Mund herauskommen.

«Wie geht es dir, Jan?», wollte Luca von seinem Freund wissen.

Dieser richtete sich auf. «Ich bin okay.»

«Wann kommt wohl die Feuerwehr?», fragte Luca und schaute sich um.

José runzelte die Stirn. «Wie soll die da hoch kommen? Es führt ja keine Straße zum Haus.»

Auf einmal hörten sie das Rattern eines Helikopters, das immer lauter wurde.

Sonderbarer Besuch

José rannte auf die offene Wiese neben dem Haus und winkte mit beiden Armen.

Es windete stark, als der Helikopter in einiger Entfernung auf dem Boden aufsetzte.

Vier Feuerwehrmänner stiegen aus und rannten auf die Kinder zu.

Einer kümmerte sich sofort um das bewusstlose Mädchen. Nach einem kurzen Augenblick drückte er auf den Knopf am Mikrofon. «Ich brauche Sauerstoff; bringt das große Gerät mit Überdruck und die Trage.»

Kurz darauf rannten zwei Feuerwehrmänner mit einer schmalen Trage hinzu und setzten Dajana die Sauerstoffmaske auf.

Jan & Co. sahen, dass sie nichts Weiteres tun konnten. Deshalb zogen sie sich fürs Erste zurück und setzten sich in einiger Entfernung auf die Weide. Von dort aus beobachteten sie, wie Dajana auf die Bahre gepackt und von den vier Männern zum Hubschrauber getragen wurde.

Danach kehrten drei Feuerwehrmänner zum Feuer zurück, während der vierte zusammen mit Dajana vom Piloten weggeflogen wurde.

Bei der Alphütte rüsteten sich zwei Feuerwehrmänner mit Atemschutzmasken aus und begaben sich zum Eingang der Hütte.

Der dritte kam auf Jan & Co. zu. «Ist noch jemand im Haus?»

«Keine Ahnung», antwortete Jan. «Als wir den Rauch sahen, war alles fest verschlossen. Weil wir Geräusche gehört haben, haben wir die Tür mit der Axt aufgeschlagen und das Mädchen hinausgezogen.»

«Da habt ihr wohl ein Leben gerettet», bemerkte der Feuerwehrmann anerkennend.

«Heißt das, dass sie durchkommen wird?», fragte Lena besorgt.

Der Mann nickte. «Ich denke schon. Sie atmet wieder. Wie stark ihre Lungen Schaden genommen haben, wird sich erst im Krankenhaus zeigen. Wisst ihr, wie sie heißt?»

Jan gab dem Feuerwehrmann Dajanas Name und Adresse an. «Informieren Sie die Pflegeeltern?»

Der Mann nickte. «Das übernehmen wir.»

Bald darauf fuhr ein Tanklöschfahrzeug auf einer Bergstraße heran. Ein Steinwurf unterhalb der Hütte hielt es an. Feuerwehrmänner rollten Schläuche aus und trugen diese über die Wiese nach oben.

Trotz aller Bemühungen konnten sie nicht verhindern, dass die Alphütte bis auf den Grund abbrannte. Nur noch der Kamin, der eiserne Kochherd und drei Steinwände ragten am Ende in die Höhe. Rings herum lagen überall verkohlte Holzbalken.

*****

Luca berichtete seinem Vater, was passiert war, und erklärte dabei, warum sie die vereinbarte Zeit für die Rückkehr nicht einhalten konnten.

Herr Leuenberger hatte Verständnis und versprach, dass er ihnen entgegenwandern würde.

Jan & Co. packten ihre Sachen zusammen und begaben sich zurück zum Weg, der ins Tal führte.

Anna erschrak, als sie plötzlich von hinten angesprochen wurde: «Was ist hier passiert?»

Die drei japanischen Touristen standen hinter ihnen.

«Das Chalet ist abgebrannt», erklärte Jan. «Waren es nicht Sie, die weiter unten vor den Kühen geflüchtet sind?»

Zwei Japaner nickten. Anscheinend verstand also auch der zweite Deutsch. «Wir haben den Rauch gesehen, da sind wir schnell wieder hochgestiegen. Hoffentlich wurde niemand verletzt!»

«Doch», platze José heraus. «Ein Mädchen war im Haus. Sie wurde mit dem Helikopter ins Krankenhaus geflogen.»

«Oh ja, den Helikopter haben wir gesehen. Gibt es hier ein Bergkrankenhaus?», wollte der Dünne wissen.

«Nein, sie haben sie ins Krankenhaus nach Visp gebracht», erklärte José weiter.

Die Japaner schauten sich um. «Können wir noch etwas helfen?»

Jan schüttelte den Kopf. «Ich denke nicht. Die Feuerwehr hat das im Griff.»

Die Touristen verabschiedeten sich höflich von den Kindern und schlenderten noch etwas auf der Unglücksstelle herum.

«Als sie ihre Reise in die Schweiz gebucht haben, haben sie wohl nicht damit gerechnet, von Kühen gejagt zu werden und eine brennende Alphütte zu sehen», dachte Luca laut.

Jan nahm sein Handy hervor. «Also ich hätte das auch nicht gedacht, als ich für die Campingreise zugesagt habe.» Er schaute in die Runde. «Meint ihr, ich darf so spät am Abend nochmals versuchen Dajanas Vater zu erreichen?»

«Seine Hütte ist gerade abgebrannt und seine Tochter ist dabei fast gestorben – ich denke, du darfst ihn anrufen», antwortete José.

«Aber was wirst du ihm sagen? Hallo, ich bin Jan und deine Hütte ist abgebrannt?», neckte ihn Luca fragend.

Lena schaute auf die verkohlten Balken. «Müsste ihr Vater nicht irgendwo in der Nähe sein? Sie hatten sich doch hier verabredet.»

Jan nickte. «Gute Frage. Warum war Dajana allein da drin? Und warum waren die Fensterläden geschlossen? Es war ja noch nicht Schlafenszeit.»

«Irgendetwas stimmt da nicht. Warum ist Dajana nicht aus der Hütte geflohen, als es brannte?» Luca rieb sich das Kinn.

«Ruf den Vater an, dann erhalten wir vielleicht Antworten auf diese Fragen», forderte Anna.

Jan wählte etwas unsicher die Nummer. Was sollte er ihm sagen?

Das Freizeichen erklang fünf Mal, als sich plötzlich eine Männerstimme meldete. «Hallo?»

Jans Knie wurden ganz weich. «Äh, ich bin Jan. Ich stehe hier vor Ihrer Alphütte. Äh ...»

«Wer bist du?»

«Ich ... äh ... bin ein Schulkamerad Ihrer Tochter Dajana. Sie hat mir Ihre Telefonnummer gegeben. Also, das heißt, nicht direkt gegeben. Aber ich habe sie von ihr.» Jan zuckte peinlich berührt mit den Schultern, als er sah, dass die andern ihn anstarrten.

Die Männerstimme räusperte sich. «Ich habe keine Tochter und keine Alphütte.»

«Nicht?»

«Das ist auch nicht mein Handy. Ich habe es gerade eben gefunden, als es geklingelt hat.»

Jan war verwirrt. «Wo haben Sie es gefunden?»

«100 Meter neben dir», antwortete die Stimme.

Luca stupste Jan an und deutete zum abgebrannten Haus hinüber. Ein Feuerwehrmann hielt ein Handy am Ohr und winkte ihnen zu.

«Das glaub ich ja nicht. Warten Sie ...» Jan rannte los.

Als er beim Feuerwehrmann ankam, wollte er als Erstes wissen: «Wo haben Sie das gefunden?»

Der Feuerwehrmann zeigte auf den Steinhaufen, auf dem er stand. «Es lag da zwischen den Steinen.»

«Ein gutes, altes Handymodell.» José nickte anerkennend. «Trotz des vielen Wassers, das ihr von der Feuerwehr darüber gespritzt habt, funktioniert es noch.»

Der Mann schaute das Handy an. «Es ist nicht nass. Vielleicht haben die Steine es vor dem Wasser geschützt.» Er schüttelte verständnislos den Kopf. «Ich gebe das Handy dem Polizisten, der den Brand untersuchen wird. Ihr müsst jetzt wieder vom Brandherd weggehen. Da hat niemand Zutritt. Ich musste gerade eben auch die schaulustigen Touristen aus Asien wegschicken.»

Jan & Co. hatten Verständnis dafür und machten sich schnell aus dem Staub.

«Wir sollten jetzt sowieso den Abstieg in Angriff nehmen. Ich möchte jedenfalls die Kuhweide nicht im Dunkeln überqueren müssen.»

Die anderen vier stimmten Jan zu und so wanderten

sie los.

*****

Auf einmal stand ein junger Senner vor ihnen. Seine Kleider standen vor Dreck und seine Haare schauten wild unter dem schwarzen Filzhut hervor. Aus seinen dunklen Augen funkelte es aufgebracht, sodass Anna und Lena sich erschrocken hinter den Jungs versteckten.

«Wo ist Dajana?», fragte er wütend.

Jan & Co. wussten nicht, was sie antworten sollten. Sie hatten nicht damit gerechnet, dass er nach Dajana fragen würde.

«Wo ist sie? Sie muss bezahlen!»

Luca runzelte verwirrt die Stirn und fand als erster die Sprache wieder. «Warum? Was ist passiert?»

Der Senner antworte nicht, sondern schritt zwischen ihnen hindurch und schubste dabei José aus dem Weg. Dann rannte er auf die verkohlte Alphütte zu und blieb abrupt davor stehen.

«Was war das eben?», stotterte Anna.

Luca klopfte José auf die Schulter. «Der war ja noch dreckiger als du!»

«Ich kann doch nichts dafür!», wehrte sich dieser.

«Ist das vielleicht seine Alphütte?», fragte Lena. Der Typ hatte ihr Angst eingejagt.

José schüttelte den Kopf. «Das ist sicher nicht Dajanas Vater!»

«Wir müssen herausfinden, was er mit der Sache zu tun hat», sagte Jan, «es ist sehr verdächtig, dass so weit von zu Hause weg jemand Dajana kennt.»

Luca nickte nachdenklich. «Oh, nein!», rief er plötzlich aus.

Die andern starrten ihn fragenden an.

«Ich hatte gerade einen irren Gedanken», begann Luca, aber winkte sogleich wieder ab. «Nein, das ist nicht möglich.»

«Sag schon!», rief Anna genervt aus.

Luca zögerte. «Was, wenn der Brief gar nicht von ihrem Vater war und der wirre Typ sie mit einem falschen Brief in die Alphütte gelockt hat?»

Anna erschrak, als Luca das aussprach. «Das ist ja schrecklich. Meinst du, der Kerl hat sie im Internet aufgespürt?»

«Schon möglich. Es war ja auch für uns ein leichtes Spiel, in den Foren und auf ihrem Facebook-Profil ein paar Infos über sie zu sammeln. Dann könnte das jemand anderes auch sehr einfach machen.»

Jan & Co. kehrten schnell zum Brandplatz zurück.

Aber der Feuerwehrmann trat ihnen in den Weg. «Ich dachte, ihr wolltet gehen», sagte er in strengem Ton.

«Wir müssen unbedingt mit dem jungen Mann dort sprechen», antwortet Jan. «Wissen Sie, wer das ist?»

Der Feuerwehrmann schüttelte den Kopf. «Wohl einer der Sennen hier oben.»

«Wissen Sie, wem diese Hütte gehört ... hat?», fuhr Luca fort.

«Nein, hier oben gibt es so viele Hütten. Also, macht euch an den Abstieg, es wird schon bald dunkel.»

Ein anderer Angehöriger der Feuerwehr sprach mit dem jungen Senner, als dieser dann plötzlich auf die andere Seite davonrannte. Er stieg flink wie eine Gämse die Weide hoch und verschwand im Wald.

Jan & Co. drehten sich widerwillig um und gingen zurück auf den Wanderweg.

«Morgen kommen wir zurück und suchen diesen Typen. Der weiß bestimmt etwas darüber, was hier passiert ist.»

«Wenn er nicht selber der Täter ist!», ergänzte José aufgebracht.

«Die Japaner könnten auch etwas beobachtet haben. Sie waren ja vor uns hier oben. Vielleicht haben sie ja diesen verruchten Sennen herumlaufen sehen. Wenn wir uns beeilen, können wir sie noch einholen und ausfragen.» Luca machte einen Fehltritt, als er schneller gehen wollte, und schrie auf.

«Pass auf, wir brauchen deine Füße in diesen Ferien noch», ermahnte ihn Anna mit einem Grinsen. «Jan will dich morgen wieder hier hochschicken.»

«Nein», korrigierte Jan, «wir werden uns aufteilen. Jemand muss auch noch Dajana im Krankenhaus besuchen. Sie wird uns sicher sagen können, was passiert ist. Die anderen suchen hier oben den Sennen.»

«Geht's, Luca?», fragte Anna nun etwas einfühlsamer, als sie sah, dass es ihn tatsächlich schmerzte.

«Es geht schon. War nur ein kleiner Fehltritt.» Er versuchte den Fuß wieder etwas stärker zu belasten, was bereits nach dem dritten Versuch besser ging.

Dann setzten sie den Abstieg fort.

Lena meldete sich zu Wort: «Es gibt noch eine andere Spur, die wir verfolgen können.»

«Welche denn?», fragte Jan erstaunt.

«Wir könnten im Dorf herumfragen, wem die Hütte gehört. Dann wissen wir, wer Dajanas Vater ist, und können ihm einen Besuch abstatten.»

Die andern schauten Lena anerkennend an und nickten.

Kurz darauf kam ihnen Herr Leuenberger entgegen. Schon von Weitem rief er: «Da unten hat es ziemlich aggressive Kühe. Ich glaube, wir müssen einen Umweg machen.»

Die fünf Kinder schmunzelten. «Ja, die kennen wir.»

*****

Weil die Wanderer die Kuhweide großräumig umgingen, trafen sie an diesem Abend nicht mehr auf die japanischen Touristen.

Mit vielen offenen Fragen krochen sie spät in der Nacht in ihre Schlafsäcke.

Es war bereits dunkel im Wohnmobil, als sich Luca plötzlich räusperte. «José, kannst du deine Kleider bitte auch noch nach draußen hängen? Bei diesem Rauchgestank kann ich nicht schlafen.»

«Dort knabbert aber vielleicht ein Marder meine Hosen an!»

«Wohl kaum, so dreckig wie die sind!» Jan lachte.

José kroch widerwillig aus dem Schlafsack und klopfte auf denjenigen von Jan. «Du wäschst morgen meine Kleider!»

«Warum ich?»

«Weil du Marlena gesagt hast, dass wir ihr helfen. Darum. Gute Nacht.»

Donnerstag, 1. August, 7:45

Wem gehört die Alphütte?

Da für Jan & Co. das Schlafen im Wohnmobil noch neu war und sie viele Fragen quälten, wachten sie früh auf.

Nach dem gemeinsamen Frühstück um den Gartentisch im Freien zog Herr Leuenberger ein Buch hervor. Er hatte die Kinder vor der Reise darauf vorbereitet, dass sie morgens jeweils eine kurze Andacht halten würden. «Das ist eine schöne Tradition in unserer Familie», hatte er zur Begründung gesagt.

«Warum macht ihr das?», wollte Anna wissen.

«Die Bibel kann man als Brief von Gott bezeichnen. Und wenn Gott alles weiß und alles kann, dann möchte ich gerne jeden Tag etwas von seiner Weisheit lernen.» Herr Leuenberger schlug die Bibel auf. «Heute ist ein bekannter Text aus dem Matthäusevangelium an der Reihe: ‹Ihr sollt so beten: Unser Vater im Himmel! Dein Name werde geheiligt, dein Reich komme, dein Wille geschehe auf der Erde, wie er im Himmel geschieht. Gib uns heute unser tägliches Brot. Und vergib uns unsere Schuld, wie auch wir denen vergeben haben, die an uns schuldig wurden. Und lass uns nicht in Versuchung geraten, sondern errette uns vor dem Bösen.›»

«Das ist ja das Vaterunser. Das kenne ich in- und auswendig. Das beten wir jeden Sonntag in der Messe», kommentierte José.

Herr Leuenberger bat Gott zum Schluss um Schutz und Bewahrung an diesem Tag. Dann machten sie sich daran den Frühstückstisch abzuräumen.

«Warum haben Sie jetzt nicht das Vaterunser gebetet, sondern etwas anderes?», wollte José wissen, als er ein paar Becher in die Küche trug.

Herr Leuenberger packte das Tablett mit den Brotaufstrichen. «Das Vaterunser ist ein Beispiel. Wie eine Mustervorlage, die man verwenden kann. Aber man kann auch in eigenen Worten zu Gott reden. Egal wie man es macht, Hauptsache ist, dass man auch wirklich etwas zu Gott sagt. Direkt vor dem Vaterunser kann man in der Bibel lesen, dass Jesus sagte, man solle Gebete nicht einfach herunterleiern, sondern man soll nur beten, wenn man auch wirklich mit dem himmlischen Vater sprechen will.»

Das leuchtete José ein. «Für mich ist es auch anstrengend, wenn ich bei meinen Cousinen zu Besuch bin und krampfhaft mit ihnen sprechen muss. Das ist verlorene Zeit.»

Herr Leuenberger lächelte.

Da alle anpackten, war das Frühstück schnell weggeräumt und das Geschirr abgewaschen.

Herr Leuenberger eilte in Richtung Bahnhof davon. Er fuhr mit der Bahn zu dem alten Freund, der in der Nähe wohnte. Gegen Abend wollte er zurück sein.

Jan & Co. teilten sich auf. Anna und Lena sollten ebenfalls mit der Bahn nach Visp fahren und dort Dajana im Krankenhaus besuchen. Da Lucas Fuß immer noch leicht schmerzte, schloss er sich den Mädchen an, während Jan und José den Auftrag hatten, den Besitzer der Alphütte und damit den Vater von Dajana ausfindig zu machen.

*****

Jan und José verließen zu Fuß den Campingplatz und marschierten in Richtung Dorfzentrum.

«Wenn uns jemand sagen kann, wem die Hütte gehört, dann der Dorfhäuptling», war Jan überzeugt.

Vor dem Gebäude, auf dem «Gemeindeverwaltung Täsch» geschrieben stand, blieben sie stehen.

«Heute ist Schweizer Nationalfeiertag. Da hat die Verwaltung geschlossen», bemerkte José auf einmal und schaute zu seinem Freund hinüber.

«Das ist mir jetzt auch klar.»

«Wo finden wir nun deinen Häuptling, Indianer?», stichelte José.

Jan schaute sich um. Das Dorf war überschaubar. «Hier kennen sich bestimmt alle mit Vornamen. Fragen wir doch einfach jemanden.»

«Hier sind aber viele Touristen», wandte José ein, «die kennen wohl nicht einmal den Typen, der ihnen das Frühstück serviert hat.»

«Schau dich um. Den Leuten sieht man aus 100 Metern Entfernung an, ob sie Touristen oder Einheimische sind.» Jan deutete auf einen älteren Mann, der zwei Einkaufstaschen auf einem hölzernen Leiterwagen hinter sich herzog. «Den fragen wir.»

Sie folgten dem Mann und sprachen ihn kurz vor der nächsten Kreuzung an. Sie zeigten ihm auf der Karte die Hütte und fragten, ob er wisse, wem sie gehörte.

Er antwortete ihnen freundlich, aber Jan und José hatten Mühe seinen einheimischen Dialekt zu verstehen.

Nach einigem Nachfragen konnte sich Jan einen Namen notieren.

«Ivan Tschirren», las José, als der Mann weitergezogen war. «Gehört ihm die abgebrannte Alphütte?»

«Nein, das ist der Häuptling. Er wohnt da die Straße runter im schönsten Chalet des Dorfes», entgegnete Jan.

Herr Tschirren war nicht zu Hause. Aber seine Frau schien genauso gut über die Geschehnisse in diesem Dorf Bescheid zu wissen wie er. Sie nannte den Jungs auswendig den Namen des Besitzers der Hütte und beschrieb ihnen ausführlich, wie sie am schnellsten zu dessen Bauernhof gelangten.

*****

Jan und José zogen ihre Pullover aus, als sie über den Zufahrtsweg auf den Bauernhof zuschritten. Die Sonne wärmte langsam den sommerlichen Vormittag auf.

Lange Zeit sagten die beiden nichts, aber plötzlich unterbrach Jan die Stille: «Wie ist wohl der Vater im Himmel?»

«Was?»

«Im Vaterunser beten wir ja zum Vater im Himmel.»

«Ja, und?»

«Würde dieser Vater mir auch sagen, wann ich abends zu Hause sein muss?»

José schüttelte verwirrt den Kopf. Er war mit seinen Gedanken an einem ganz anderen Ort gewesen. «Das fragst du mal lieber den Pfarrer oder vielleicht weiß es ja auch Herr Leuenberger.»

«Warum brauchen wir denn noch Eltern, wenn wir schon einen Vater im Himmel haben?»

«Weil er eben im Himmel ist und sich hier auf der

Erde Stellvertreter ausgesucht hat.»

Jan war so in Gedanken versunken, dass er gar nicht realisierte, wie sie den Vorplatz des Bauernhofes erreichten.

Auf einmal rannte ein Hund mit lautem Gebell auf sie zu.

«Bleib schön weg von mir», wies ihn Jan von sich. Er war froh, dass José Hunde gern hatte und sogleich mit ihm zu spielen begann. In dieser Sache war José eindeutig mutiger als er; ein Spiel mit fremden Hunden konnte schön ins Fleisch gehen, wie Jan schon erfahren hatte. «Bei welcher Tür sollen wir anklopfen?»

Jans Frage war berechtigt. Das erkannte José sofort, als er von dem Hund aufblickte. An das ursprüngliche Bauernhaus war mehrmals angebaut worden und die Jungs hatten Mühe zu erkennen, welcher Trakt nun als Wohnung genutzt wurde.

Sie gingen um das Gehöft herum, bis sie neben einer Tür einen Klingelknopf entdeckten. Auch der Name auf dem Schild passte zur Beschreibung, die ihnen gegeben wurde.

Jan drückte.

Die Jungs hörten die Glocke, aber es tat sich nichts. Nur der Hund stand mit wedelndem Schwanz neben ihnen.

Jan klingelte erneut.

«Vielleicht ist er im Stall oder irgendwo auf seinen Feldern», mutmaßte José, als wieder niemand öffnete.

«Oder er ist zu seiner verkohlten Alphütte gewandert.» Jan schaute auf die Uhr. Luca und die Mädchen erreichten mit der Bahn wohl schon bald Visp.

«Ich bin gespannt, ob der Bauer wirklich aussieht

wie Dajana», sinnierte José und streichelte dabei dem Hund über das schwarze Fell.

«Ich klingle nochmals und wenn sich immer noch nichts tut, schauen wir im Stall nach», erklärte Jan und drückte erneut auf den Knopf.

Da polterte es plötzlich hinter der Tür, als würde jemand eilends eine alte Holztreppe hinuntersteigen. Ein bärtiger Mann riss mit schwarzen Ringen unter den Augen die Tür auf. «Wer stört?», murmelte er missgelaunt.

Jan räusperte sich. «Ich bin Jan und das ist José. Wir suchen Alfons Bärtschi.»

«Das bin ich. Ihr habt mich geweckt. Ich hoffe, es ist wichtig.»

«Gehört Ihnen das Chalet ‹Morgengruß Enzian›?»

«Habt ihr meine Hütte angezündet? Ich zeige euch bei der Polizei an!»

Jan schüttelte den Kopf. «Nein, das waren wir nicht. Es geht um Ihre Tochter Dajana. Haben Sie sie gestern oder vorgestern getroffen?»

Der Bauer schaute Jan mit leeren Augen an. «Meine Tochter ist schon lange tot», brummte er.

«Richtig tot oder haben Sie sie einfach nur nie kennengelernt?», bohrte José ahnungsvoll weiter.

«Ich habe keine Zeit für Kinderspiele. Ich habe die halbe Nacht die abgebrannte Hütte aufgeräumt und jetzt stört ihr mich bei meinem Schlaf. Haut ab, verschwindet!» Der Bauer griff hinter der Tür nach etwas, das Jan nicht sehen konnte.

«Aber wir wollen doch nur helfen. Wir möchten herausfinden, was mit Dajana passiert ist.»

Da nahm der bärtige Mann eine Heugabel hinter der Tür hervor und fuchtelte damit vor Jan und José herum. «Verschwindet. Und zwar sofort! Ich will euch nicht mehr auf meinem Grundstück sehen!»

Auf einmal drehte sich der Hund gegen José und begann zähnefletschend zu knurren.

Die beiden Jungs erkannten, dass es der Bauer ernst meinte. Sie liefen rückwärts über den Platz und ließen dabei den wütenden Mann mit dem sabbernden Hund nicht mehr aus den Augen, bis sie um die Hausecke verschwunden waren.

«Meine Tochter hieß nicht Dajana!», schrie ihnen der Bauer hinterher und knallte dabei die Tür zu.

Jan und José rannten davon.

Ganz außer Atem blieben sie hinter der nächsten Hecke stehen.

«Ihm gehört doch die Alphütte. Warum behauptet er jetzt, dass Dajana nicht seine Tochter ist?» José kapierte gar nichts mehr.

Jan atmete ein paar Mal tief durch. «Ja, da ist etwas faul. Dieser Bauer hat nicht so reagiert, als hätte er den Brief an Dajana geschickt. Wir wissen jetzt, dass die Hütte nicht ihrem Vater gehört.»

«Du meinst, dass ihr Vater, was die Hütte angeht, gelogen hat?» José runzelte die Stirn. «Wenn ich bei meiner Tochter mit falschen Behauptungen Punkte schinden wollte, dann würde ich ihr von einer großen Villa am See schreiben und sicher nicht von einer Alphütte.»

Jan band seine Schuhe fester zusammen. «Wir wissen also, was wir zu tun haben: Wir gehen zurück auf die Alp und besuchen den Senner.»

Besuch im Krankenhaus

Anna, Lena und Luca erhielten am Empfang des Krankenhauses die Zimmernummer von Dajana. Es ging ihr bereits wieder so gut, dass sie auf die Bettstation verlegt werden konnte.

Lena klopfte an und öffnete vorsichtig die Tür.

Dajana war allein im Zimmer. Sie lag in einem weißen Bett und war mit Schläuchen verbunden.

«Hallo», begann Lena.

Dajana schaute die drei skeptisch an. «Was wollt ihr hier?»

«Wir sind in der Gegend in den Ferien und da dachten wir, dass wir dich besuchen kommen», antwortete Luca.

«Wir kennen uns kaum.» Dajana schaute teilnahmslos an die Wand.

Lena seufzte. Es war wohl am besten, wenn sie die Wahrheit sagte. «Weil du von zu Hause abgehauen bist, bat uns deine Schwester dich zu suchen. Sie dachte, dass du in Schwierigkeiten steckst.»

Die Patientin verdrehte abschätzig die Augen. «Ich komm allein klar, danke.»

Luca schüttelte den Kopf. «Das haben wir gesehen.»

«Es geht euch nichts an. Lasst mich in Ruhe.»

Anna machte einen Schritt auf das Krankenbett zu. «Wir haben dir gestern Nacht das Leben gerettet. Jan und Luca haben dich aus dem brennenden Haus gezogen und wir waren es, die die Rettungskräfte alarmiert haben.»

Dajana schaute sie verwundert an. «Das wart ihr?»

Luca nickte.

«Wenn Marlena euch geschickt hat, wart ihr nicht zufällig bei der Hütte. Wie habt ihr gewusst ...» Sie brach mitten im Satz ab. Bisher dachte sie, dass sie Glück gehabt hatte, dass sie gerettet worden war. Nun dämmerte es ihr, dass es gar kein Zufall war. «Wie habt ihr mich gefunden?»

Luca erzählte von dem Bild, dem Diskussionsforum im Internet und dem Brief in der Geheimnis-Box.

«Ihr habt meine Schatztruhe geöffnet? Was fällt euch ein?!» Dajana brauste auf.

«Das hätten wir natürlich nie gemacht, wenn wir nicht von deiner Schwester darum gebeten worden wären», verteidigte sich Luca.

Aber Dajana hatte sich schon wieder beruhigt. «Entschuldigt bitte, ich sollte wohl dankbar sein. Danke, dass ihr mir das Leben gerettet habt.» Sie streckte Luca die Hand entgegen.

Er griff vorsichtig zu. «Wir sind froh, dass es geklappt hat.»

Lena und Anna zogen einen Stuhl ans Bett und setzten sich.

«Wir hätten da so ein paar Fragen an dich.»

Dajana schaute peinlich berührt aus dem Fenster. «Das kann ich mir vorstellen. Ich habe auch ganz viele Fragen.»

Die drei Gäste schossen gleichzeitig mit den Fragen los, die sie so brennend interessierten: «Warum warst du allein in der Hütte?» – «Warum hat es gebrannt?» – «Wo war dein Vater gestern Abend?»

Dajana setzte sich im Bett auf und seufzte.

«Weißt du was, erzähl doch mal der Reihe nach, was gestern und vorgestern passiert ist», schlug Luca vor.

Dajana nickte. «Als ich den Brief von meinem Vater in den Händen hielt, erwachte in mir wieder der alte Traum von einer echten Familie. So fuhr ich am Dienstag mit dem Zug nach Zermatt und übernachtete dort in der Jugendherberge. Für die Bahn und die Übernachtung ist fast mein ganzes Taschengeld draufgegangen. Ich wählte immer wieder die Telefonnummer aus dem Brief, aber mein Vater nahm nie ab. Um Mitternacht erhielt ich dann eine SMS. Ich könne am nächsten Tag – also gestern – zum Mittagessen auf die Alp kommen. Als ich den Namen las, mit der die Nachricht unterschrieben war, hörte mein Herz für einen Augenblick auf zu schlagen: Es war der Name meines Vaters.» Es lief ihr eine Träne über die Backe.

«Ich dachte, dass du den Namen deines Vaters nicht weißt», erwiderte Luca.

«Ich wusste ihn auch nicht mehr, aber als Kind muss ich den Namen gekannt haben. Als ich ihn las, war ich mir sicher, dass es der Name meines Vaters ist. In dieser Nacht schlief ich nicht viel. Am nächsten Morgen fuhr ich mit dem Zug ins Nachbardorf und wanderte von dort aus zur Alphütte hoch.»

Anna rutschte nervös auf dem Stuhl hin und her. «Und dann hast du deinen Vater getroffen?»

Dajana schüttelte enttäuscht den Kopf. «Als ich zur Hütte kam, war die Tür angelehnt, aber weit und breit war niemand zu sehen. Ich klopfte und ging vorsichtig hinein. Aber drinnen war auch niemand – das dachte ich jedenfalls. Plötzlich packte mich jemand von hinten und riss mir meine Arme auf den Rücken. Ich schrie auf, aber da tauchte noch eine zweite Person auf und hielt mir den Mund zu. Beide trugen schwarze Skimasken und Sonnenbrillen, sodass ich sie nicht erkennen konnte. Dann drückten sie mich auf einen Stuhl und fesselten meine Hände mit Plastikbändern.»

Luca nickte. «Kabelbinder.»

«Sie nahmen mir meinen Rucksack und mein Handy weg und sagten: Wenn ich brav sei, könne ich morgen wieder nach Hause.» Dajanas Stimme stockte.

«Haben sie dich anständig behandelt?», wollte Lena wissen.

Dajana nickte kurz. «Ja. Ich war die meiste Zeit allein. Zwei, drei Mal kamen sie vorbei und gaben mir etwas zu trinken und am Abend auch etwas zu essen. Ich saß den ganzen Nachmittag und Abend im Dunklen. Sie haben alle Fensterläden geschlossen. Nur durch die Ritzen zwischen den Balken drang etwas Sonnenlicht ein.»

Luca runzelte die Stirn. «Aber wie ist das Feuer ausgebrochen?»

«Als es draußen dunkler wurde, zündeten sie eine Petroleumlampe an und sagten, dass sie am nächsten Morgen früh wieder kommen würden. Als sie gingen, geriet ich in Panik. Ich konnte unmöglich an diesen Stuhl gefesselt schlafen. Also habe ich, so fest ich nur konnte, an den Fesseln gezogen und gezerrt. Ich hüpfte auch mit dem Stuhl auf und ab, in der Hoffnung, dass dieser zerbrechen würde und ich so entkommen könnte.» Wieder versagte ihre Stimme.

«Dann bist du an die Petroleumlampe gestoßen und die hat das Haus in Brand gesetzt?», half Luca nach.

Dajana nickte. «Ich glaube, ja. An diese Dinge kann ich mich nicht mehr genau erinnern. Ich weiß nur noch, dass plötzlich Feuer da war. Dann habe ich noch wilder um mich geschlagen, bis ich aus den Fesseln schlüpfen konnte. Aber dann weiß ich nicht mehr, was weiter passiert ist.»

Anna lehnte sich nach vorne. «Und wie geht es dir *jetzt*?»

«Die Ärzte sagen, dass ich mich von der Rauchvergiftung erstaunlich schnell erholt habe. Das Atmen fällt mir noch schwer, aber Schmerzen habe ich fast keine.»

«Hast du schon mit Marlena und deinen Pflegeltern gesprochen?», frage Lena.

«Ja, sie kommen mich heute am späteren Nachmittag besuchen.»

Luca ging um das Bett herum und schaute aus dem Fenster. «Darf ich noch etwas fragen?»

Dajana nickte stumm.

«Weißt du, wer das gewesen sein könnte?»

Sie schüttelte den Kopf.

«Wie viele waren es?»

«Als sie mich fesselten, waren es zwei, sonst kam immer nur einer in die Hütte. Ich weiß nicht, ob es immer der gleiche war.»

«Wie haben ihre Stimmen geklungen? Ist dir etwas aufgefallen?»

«Als sie geredet haben, haben sie ganz schräg ihre Stimme verstellt. Ich weiß echt nicht, was das für Typen waren. Die Polizei will noch vor dem Mittag vorbeikommen und ich habe keine Ahnung, was ich ihnen sagen soll.»

Luca drehte sich zu ihr um. «Verrätst du uns den Namen deines Vaters? Wir können dann im Internet nachschauen, ob wir ihn finden. Er kann uns vielleicht auch einige Antworten geben.»

«Das Internet ... an das habe ich noch gar nicht gedacht.» Dajana lief eine Träne über die Wange. Sie diktierte den Namen und Luca notierte ihn auf seinem Handy.

Sie sahen, dass Dajana sich nun wieder ausruhen musste. Sie verabschiedeten sich und versprachen am Nachmittag nochmals nach ihr zu sehen.

Der wilde Senner

Jan und José waren zwei Stunden gewandert, als Luca sie über Dajanas Geschichte informierte. Sie mussten also nach mindestens zwei Personen Ausschau halten. «Vielleicht arbeiten da mehrere Sennen zusammen», versuchte Jan zusammenzureimen.

Als Ausgangspunkt für die Suche nach dem wilden Senner hatten sie sich die abgebrannte Alphütte ausgesucht.

Jan stand vor den Kohlen und schaute sich um. «Dort oben ist eine andere Hütte und es weiden Kühe in der Nähe. Vielleicht ist ja jemand zu Hause, der uns weiterhelfen kann.»

José seufzte. Er hätte sich gerne etwas ausgeruht, folgte seinem Freund jedoch widerwillig den Berg hinauf.

*****

Der Boden um die Alphütte war aufgeweicht und matschig. Er hatte wohl unter den zahlreichen Hufen der Rinder gelitten.

Die Jungs mussten aufpassen, dass sich ihre Wanderschuhe nicht mit Matsch füllten, während sie versuchten auf die Terrasse vor der Hütte zu gelangen.

Jan war erfolgreich, José nicht. Dieser zog einen Schuh voll Dreck heraus.

«Hallo? Ist da jemand?», rief Jan an die Holzwand.

Die Luft war erfüllt vom ununterbrochenen hellen Läuten der Ziegenglöckchen, aber es antwortete niemand.

Plötzlich schubste José Jan an. «Dort ist einer.» Er deutete zu einem Mann hoch, der oberhalb der Weide einen Zaun reparierte.

«Der kann uns sicher weiterhelfen. Hier oben kennt doch jeder jeden.» Jan marschierte zielstrebig los.

José hatte den Matsch vergessen, den sie gerade eben durchquert hatten. «Nicht schon wieder ...», seufzte er. Nun war auch der andere Schuh vollgematscht.

Jan seufzte, als er seinen Freund erneut so dreckig sah. «Komm jetzt. Beim Laufen geht das meiste runter.»

Die Bergwiese, die sie hochkletterten, roch angenehm würzig. Wenn es doch auch in der Stadt so gut riechen würde, ging es Jan durch den Kopf.

Sie steuerten direkt auf den Älpler zu. «Guten Tag. Wir haben gestern einen jungen Sennen getroffen. Können Sie uns sagen, wo wir ihn finden?», begann Jan.

«Er hat krause Haare, die wild unter seinem Filzhut hervorschauen, und ziemlich dreckige Kleider», ergänzte José.

Der Älpler schaute José von oben bis unten an.

Dieser lächelte verlegen. «Ja, etwa so wie ich. Nur halt bis zum Kopf hoch. Kennen Sie ihn?»

Der Mann schaute ins Tal hinunter und sagte nichts.

Die Jungs konnten nicht erraten, was in seinem Kopf vor sich ging. Er schien weder genervt zu sein noch sich über den Besuch zu freuen.

«Wir möchten ihn etwas Wichtiges fragen», fuhr José fort, als der Älpler noch immer nicht antwortete.

Plötzlich nickte der Mann bedächtig und brummelte: «Der Bub hilft Noldi … auf der Käseregg.»

Jan verstand nur mit Mühe, was er sagte. «Wo finden

wir diese Käseregg?»

Der Älpler setzte den großen Hammer ab und zeigte den Hang entlang. «Ein paar hundert Meter unter der Täschalp. Geht da lang, dann könnt ihr sie nicht verfehlen.»

Jan und José bedankten sich höflich und ließen den Mann weiterarbeiten.

Als sie am anderen Ende der Weide den Wald erreichten, schauten sie zurück. Der Älpler stand noch genauso da, wie sie ihn zurückgelassen hatten.

«Man muss wohl schon speziell sein, wenn man ganz allein hier oben lebt», sinnierte Jan.

José nickte. «Obwohl ich gerade dachte, dass es ganz schön sein muss.»

«Schön, aber anstrengend», ergänzte Jan.

Sie durchquerten den Tannenwald und erreichten bald einen Wegweiser, auf dem sie «Käseregg» lesen konnten.

*****

Nach weiteren fünfzehn Minuten standen sie vor einer großen Holzhütte. Sie war größer als die «Morgengruß Enzian». Weit und breit war aber niemand zu sehen und es waren auch keine Tiere in der Nähe, obwohl die Spuren auf dem Boden und der große Misthaufen neben dem Haus von einigen Bauernhoftieren zeugten. Der Vorplatz und die angrenzende Wiese waren übersät von rostigen Landmaschinenteilen.

Jan und José blickten durch ein Fenster in den Stall. «Ist da jemand?»

Es antwortete niemand, aber sie hörten ganz deutlich, wie ein Metallkessel abgestellt wurde.

«Hallo?», rief Jan erneut und lief ein paar Schritte an der Hausmauer entlang.

Plötzlich sprang aus dem Fenster vor ihnen etwas heraus und die Jungs erschraken. Aber sie atmeten sogleich wieder auf, als sie sahen, dass es eine Katze war.

Sie schauten sich fragend an. Das Geräusch vorhin konnte unmöglich von der Katze gewesen sein. Auch durch dieses Fenster konnten sie im Innern nichts erkennen.

«Verschwindet», sprach plötzlich jemand hinter ihnen.

Jan und José zuckten zusammen und drehten sich um.

Da stand ein kleiner, aber kräftiger Bauer. «Wir haben hier keine Touristentoilette. Pinkelt in den Wald.», raunte dieser und machte mit Handbewegungen deutlich, dass er sie nicht in der Nähe seines Alpgehöfts haben wollte.

Überrascht von der feindseligen Ausstrahlung wusste Jan zuerst gar nicht, was er sagen sollte.

Die Katze begann um die Beine des Bauern zu streichen.

Aber dieser gab ihr mit dem Müllsack, den er in der Hand hielt, einen unsanften Stoß. «Du sollst auch verschwinden!», zischte er ihr zu.

«Wir suchen einen jungen Senner. Ist er hier?» Jan war es sehr ungemütlich in seiner Haut.

«Er hat keine Zeit. Er ist am Arbeiten.»

«Wir haben nur zwei Fragen an ihn. Dauert höchstens zwei Minuten und dann sind wir schon wieder weg.»

Wieder hörten Jan und José, wie jemand im Stall mit einem Kessel hantierte.

«Ihr verschwindet jetzt, sonst hetze ich den Stier auf euch!»

Da Jan und José nicht herausfinden wollten, ob der Mann überhaupt einen Stier besaß, machten sie sich aus dem Staub.

In einiger Entfernung legten sie sich hinter einem Stein auf die Lauer und beobachteten die Alphütte.

«Vielleicht kommt der wilde Senner ja mal aus dem Stall heraus. Dann versuchen wir es noch mal.»

José stimmte diesem Plan zu.

*****

Sie lagen etwa eine halbe Stunde so da, als sie plötzlich jemanden rufen hörten.

«Wenn ich um drei zurück bin, will ich, dass du mit allem fertig bist!» Die Stimme des Bauern ließ keinen Zweifel daran, dass es Konsequenzen haben würde, sollte seinem Befehl nicht nachgekommen werden.

«Aber das schaffe ich nur, wenn ich die Mittagspause auslasse», rief eine junge Stimme zurück.

«Dann lass sie aus. Wenn du nicht arbeitest, kommen dir so oder so nur Dummheiten in den Sinn!»

Plötzlich hörten sie Motorengeräusche. Ein alter Subaru fuhr um die Hausecke und bog auf die unbefestigte Bergstraße ein, die ins Tal führte.

José erkannte den Bauer in dem Fahrzeug.

Kaum war das Auto außer Sichtweite, rannten Jan und

José zum Stall hinüber.

Der junge Senner trat gerade ins Freie und als er die beiden erblickte, zuckte er zusammen. Heute trug er eine Baseballmütze, aber Jan und José erkannten ihn trotzdem sofort wieder.

«Verschwindet», knurrte er wie sein Chef.

«Woher kennst du Dajana und warum hast du sie gestern gesucht?», begann Jan.

Der Senner presste seine Augen zu einem Spalt zusammen. «In welchem Krankenhaus ist sie? Mit ihr habe ich noch ein Hühnchen zu rupfen. Nein, einen ganzen Hahn!»

«Woher kennst du sie?»

«Sie ist schuld daran, dass ich hier bin. Sie ist schuld, dass mein Leben scheiße ist», knirschte er durch seine Zähne.

«Was hat sie dir getan?», so versuchte Jan an Informationen zu kommen.

«Ich garantiere euch, wenn ich sie in die Finger bekomme, dann zerquetsche ich sie.»

Jan sah in seinen Augen, dass er von Bitterkeit erfüllt war. Er hätte also genügend Gründe gehabt, Dajana herzulocken und einzusperren. «Wo bist du gestern Nachmittag gewesen?»

«Ich habe gearbeitet und das muss ich jetzt auch wieder tun. Sonst geht's mir schlecht, wenn der Sklaventreiber zurückkommt.» Er drehte sich um und kehrte in den Stall zurück.

Jan und José folgten ihm, blieben aber in der Tür stehen. «Warum wusstest du, dass Dajana auf der Alp ist?»

«Ich habe sie gesehen», rief er hinaus. «Ich schwöre, ich hätte sie den Berg hinuntergestoßen!»

«Warum hast du es nicht getan?», versuchte ihn Jan zu provozieren, um endlich an Fakten zu kommen.

«Der Chef hat mich nicht in die Pause gelassen. Jetzt haut ab, ich will nicht mehr darüber reden.»

«Hast du sie gefesselt?» Jan versuchte es nochmals.

Der Senner kam zur Tür und schlug diese vor ihrer Nase zu. Sie hörten, wie er den Riegel zustieß.

Jan und José schauten sich an und nickten. Sie waren sich einig, dass dieser Junge zumindest ein Motiv hatte. Deshalb wollten sie noch mehr Informationen bekommen.

Sie klopften an die Tür. «Mach doch auf. Wir wollen nur wissen, was mit Dajana passiert ist. Wir wollen verstehen, was sich gestern abgespielt hat. Hast du sie gefesselt?»

Im Stall war es still.

«Bitte!», rief Jan. Als niemand antwortete, wandte er sich José zu. «Wir könnten überprüfen, ob er die Wahrheit sagt.»

«Wie denn? Wir können doch nicht die Zeit zurückdrehen und nachschauen, ob er gestern Mittag wirklich gearbeitet hat.»

Jan runzelte die Stirn. «Aber wir können seinen Chef fragen.»

José schüttelte den Kopf. «Mit dem möchte ich nicht nochmals reden. Und zudem kommt er erst um drei Uhr zurück. So lange können wir unmöglich hier oben bleiben.»

«Warum nicht? Schön ist es hier auf jeden Fall.»

Jan hatte noch nicht ausgeredet, als der wilde Senner mit einer Schubkarre um die Hausecke marschiert kam und diese abrupt abstellte. Er packte die Mistgabel und schon flog Kuhmist durch die Luft.

Jan und José rannten so schnell sie konnten in die andere Richtung davon. Aber nicht schnell genug. Sie wurden beide am Rücken getroffen.

Schnell schaufelte der Senner nach und schleuderte das übelriechende Strohgemisch erneut über den Platz. «Bestimmt macht er das nicht zum ersten Mal, so geschickt wie er mit der Mistschleuder umgehen kann», war Jan überzeugt.

Jan und José rannten den Wanderweg hinunter und stoppten erst wieder, als sie außer Sichtweite waren.

«Du stinkst!»

«Du auch!»

*****

Als sich ihr Puls beruhigt hatte, versuchten sie sich gegenseitig mit einem flachen Stein den Mist vom Rücken zu kratzen. Dann zogen sie sich die T-Shirts aus und wanderten bis zum Bergbach, in dem sie sich als Wäscher übten.

Plötzlich hielt Jan inne. Er zeigte ins Tal hinunter. «Dort wirft jemand etwas in die Schlucht hinunter.»

José sah den Mann auch. «Sind das Müllsäcke?»

Kurze Zeit darauf verschwand die Person im Wald und ein Motor brummte auf, der bald leiser wurde.

«Was es nicht alles gibt. Aber ich habe jetzt Hunger», bemerkte José.

«Kein Wunder, es ist auch bald Mittag. Komm, wir wandern zurück ins Dorf.»

«Aber wir wollten doch den Chef fragen, ob der Senner die Wahrheit sagt.»

«Kurz vor drei Uhr sollten wir ihn unten auf der Bergstraße antreffen.»

José nickte. «Gewagter Plan, aber er könnte funktionieren.»

*****

Beim Abstieg ins Tal kamen sie an der Stelle vorbei, wo dieser Jemand Säcke über die Felswand geworfen hatte.

Es juckte Jan zwischen den Zehen. Zu gerne hätte er nachgeschaut, was da los war. Leider war es schon spät und sie hatten Hunger. Aber die Neugierde überwog doch und so machten sie einen kurzen Abstecher zum Felsen.

Vorsichtig schauten sie ins Dobel hinunter.

«Dort unten liegen ganz viele Säcke.» Jan machte Platz, damit auch José sie sehen konnte.

«Ich sehe nichts.»

«Hinter dem Felsbrocken im Schatten …»

«Stimmt. Aber die entdeckt man nicht so schnell.» José trat wieder vom Abgrund zurück.

Jan grinste. «Das ist bestimmt Absicht. Die Säcke sollen nicht gesehen werden.» Auf einmal erstarrte Jans Grinsen auf dem Gesicht.

«Was hast du?» José stutzte.

«Hatte nicht der Bauer von der Käseregg einen solchen Sack in der Hand?»

José dachte kurz nach und nickte.

Jan seufzte. «Wir haben keine Zeit, jetzt auch noch Abfallsünder zu jagen. Das überlassen wir wohl oder übel anderen. Wir können es im Dorf unten ja mal jemandem zwitschern. Komm, wir gehen essen.»

Donnerstag, 1. August, 11:55

Ein Mittagessen unter Freunden

Kurz vor zwölf Uhr trafen Jan & Co. wieder auf dem Campingplatz ein.

José und Jan mussten einiges an Gespött über sich ergehen lassen, als den anderen der Geruch von Kuhmist in die Nase stieg. Aber sobald sie sich neue T-Shirts übergezogen hatten, verklangen auch die stichelnden Bemerkungen.

«Wer kocht?», fragte José hungrig.

«Ich melde mich freiwillig», antwortete Luca und alle applaudierten.

«Aber nicht zum Kochen», erwiderte er. «Wir haben ja jetzt den Namen von Dajanas Vater – das heißt, sie ist überzeugt davon, dass er es ist. Wäre es nicht gut, wenn ich im Internet nachschaue, was ich alles über den Typen herausfinden kann?»

Jan nickte.

Plötzlich hielt sich Anna erschrocken beide Hände vor den Mund.

«Was hast du?», fragte Luca besorgt.

«Was ist, wenn Dajanas Vater auch entführt wurde?»

«Wie kommst du darauf?», wollte Jan wissen.

«Vielleicht war es ja wirklich er, der Dajana zur Alphütte bestellt hatte», erklärte Anna, «aber vielleicht haben sie ihn auch überwältigt und verschleppt.»

«Möglich wäre es», dachte Jan laut nach, «aber dann bleibt trotzdem die Frage, warum er behauptet hat, dass er eine Alphütte besitzt, wo sie doch dem unwirschen

Bauern gehört. Luca und José, ihr versucht so viele Informationen über Dajanas Vater herauszufinden, wie ihr nur könnt. Wir andern bereiten das Mittagessen zu.»

*****

Da Herr Leuenberger den ganzen Tag weg war, setzte Jan die Grillkohle selbst in Brand.

Lena stellte Nudelwasser auf den Herd und putzte einen Kopfsalat.

Für das Gemüse war heute Anna zuständig.

Luca und José zogen mit dem Tablet-PC los. Sie suchten beim Campingeingang nach dem von der Werbung versprochenen WLAN-Empfang.

In der Nähe des Kiosks wurden sie fündig und Luca öffnete sein Facebook-Profil.

«Was soll das?» José warf die Hände in die Luft. «Kannst du keinen einzigen Tag ohne Facebook sein? Los, gib den Namen von Dajanas Vater in die Suchmaschine ein.»

Luca murmelte etwas Unverständliches und tippte gehorsam den Namen ein. Die Suche listete sofort einige Ergebnisse auf.

«Das gibt's ja nicht.» Luca tippte das Oberste an.

«Was ist?» José streckte seinen Kopf über den Bildschirm.

Da stand, dass es hier im Tal einen Bergführer mit genau diesem Namen gab.

«Denkst du, dass er ihr Vater ist?», wollte José wissen.

«Er war vor Jahren Bergführer in den Rocky Mountains und nun besteigt er seit fast zehn Jahren mit Kunden das Matterhorn.»

«Hat nicht Marlena gesagt, dass er vor der Geburt seiner Tochter nach Amerika ausgewandert ist? Das würde also passen. Gibt es ein Foto von ihm?» José versuchte sich Dajana vorzustellen, um die Gesichter vergleichen zu können.

Luca schränkte die Bildersuche ein und schon waren mehrere Gesichter zu sehen, die zu diesem Namen gehörten.

«Bingo. Die roten Haare hat Dajana also von ihrem Vater.» Luca klickte weiter. Er fand eine Adresse. «Er wohnt in Zermatt.»

«Schreib die Telefonnummer auf, dann können wir ihn später anrufen», befahl José und Luca kopierte die Nummer in die Notizen-App.

Luca dachte nach. Er versuchte sich zusammenzureimen, was sich in den letzten zwei Tagen abgespielt haben könnte.

José stand etwas hilflos daneben. «Worüber denkst du nach?»

«Irgendjemand hat Dajana mit dem Namen ihres Vaters hergelockt, um sie in der Alphütte einzusperren. Es muss jemand sein, der ihren Vater kennt – denn nicht einmal sie selbst konnte sich an seinen Namen erinnern. Aber wer würde so etwas tun?»

«Am verdächtigsten ist der verrückte Senner», gab José zu bedenken.

«Er ist unser einziger Verdächtiger. Wir müssen heute Nachmittag unbedingt bei seinem Chef nachfragen, was der Kerl gestern Mittag und Nachmittag getan hat.»

*****

Das Mittagessen schmeckte großartig.

Als Nächstes wählten sie die Telefonnummer von Dajanas Vater. Jan & Co. dachten, dass er ein Recht darauf hatte, zu erfahren, dass in seinem Namen Unfug getrieben – ja sogar kriminelle Aktivitäten begangen wurden.

Jan wählte die Nummer, aber statt des Vaters meldete sich das Tourismusbüro, das Reservationen für eine Bergtour mit ihm als Führer entgegennahm.

«Was für eine Tour möchtest du buchen?», fragte die Frau am andern Ende der Leitung.

«Keine», erklärte Jan, «ich möchte nur mit ihm sprechen. Können Sie mir sagen, wie ich ihn erreichen kann?»

«Wir dürfen keine Telefonnummern von unseren Bergführern herausgeben.»

«Können Sie ihm eine Nachricht hinterlassen?», fragte Jan.

«Was soll ich ihm denn ausrichten?»

«Er soll uns zurückrufen.» Jan gab seine Handynummer an.

«Das ist notiert. Ich kann nur nicht versprechen, dass er sich bald melden wird. Er ist in diesen Tagen ausgebucht und täglich am Berg unterwegs.»

Hat der Senner ein Alibi?

Jan, José und Lena spazierten durch das Dorf auf die Bergstraße zu, die zur Käseregg führte. Da die Jungs diese vor dem Mittagessen schon hinunter gewandert waren, fanden sie sie leicht wieder.

Auf einmal blieb José stehen und deutete auf einen Subaru. «Dort ist er! Er steigt gerade ins Auto ein.»

Schnell überquerten sie die Straße.

«Hallo!», rief Jan dem Mann von Weitem zu.

Der Bergbauer stutzte und hielt einen Moment inne.

«Wir haben uns heute Morgen auf ihrer Alp getroffen. Nun hätten wir noch eine Frage an Sie», erklärte der Junge.

«Macht schnell, ich habe keine Zeit», entgegnete der Mann und stieg bereits in sein Auto ein.

Als Jan zur offenen Fahrertür gelangte, kam er direkt zur Sache: «Wo war Damian gestern Mittag und Nachmittag?»

«Das geht euch wohl kaum etwas an.» Er zog mit einem Ruck die Tür zu. Nur das Fenster stand noch offen.

«Uns nicht, aber für Damian ist es wichtig. Wenn sie uns nicht sagen können, wo er gestern war, könnte er in Schwierigkeiten geraten.» Jan versuchte wichtig zu klingen.

Aber es gelang ihm anscheinend nicht, denn der Fahrer kurbelte das Fenster hoch und startete den Motor. Dann fuhr er los und bog in die Straße ein, die ins Nachbardorf Randa führte.

Jan stampfte auf den Boden, um seinem Ärger Luft zu

machen. «Warum muss der so stur sein? Er hätte es uns einfach sagen können und fertig.»

«Vielleicht steckt er in der Sache mit drin!» José hob vielsagend die Augen.

«Oder er hat ein schlechtes Gewissen, weil er ein Abfallsünder ist. Und deshalb ist er bei allem vorsichtig, was nach Verhör klingt», dachte Jan laut.

«Woher wusstest du eigentlich den Namen des Senners?», fragte José stutzig.

«Auf seinen beiden Stiefeln stand groß ‹Damian› drauf. Das war nicht so schwer», erwiderte Jan.

Lena schaute dem Fahrzeug nach. «Aber müsste er nicht in die andere Richtung fahren, um nach Hause zu gelangen?»

«Er hat wohl noch andere Besorgungen zu machen, bevor er wieder auf den Berg fährt. Er kommt wohl nicht oft …» José konnte den Satz nicht beenden, weil Jan ihm dazwischenfuhr.

«Wir bringen den Mann schon zum Reden! Kommt mit!»

José und Lena schauten sich fragend an und folgten Jan.

*****

Lena hatte Mühe den Anschluss an die Jungs nicht zu verlieren. Diese rannten förmlich die Bergstraße hoch.

«Ich brauche eine Pause», rief sie den beiden hinterher.

«Keine Zeit für Pausen», rief Jan zurück.

Aber Lena blieb auf der Straße stehen. «Ich gehe nicht weiter, bis du mir sagst, was du vorhast!»

Widerwillig stoppte nun auch Jan. «Weiter oben auf der Straße ist ein Tor, damit die Kühe nicht ins Tal rennen. Das schließen wir zu.»

«Willst du dann trotzig sagen: ‹Ich mache erst auf, wenn du mir sagst, was der Senner gestern Nachmittag gemacht hat›?», fragte Lena ungläubig.

«Meinst du so in der Art wie: ‹Ich gehe nicht weiter, bis du mir sagst, was du vorhast!›?» Jan konnte ein Schmunzeln nicht unterdrücken.

Lena blickte ihn finster an.

«Das Tor ist nur dazu da, dass er anhalten muss. So können wir nochmals mit ihm sprechen.»

«Wie willst du ihn zum Reden bringen?» Lena war noch nicht davon überzeugt, dass der bloße Versuch es wert war, wie eine Verrückte den Berg hoch zu rennen.

«Das erkläre ich dir später. Zuerst müssen wir zusehen, dass wir vor ihm am Tor sind!» Jan drehte sich um und rannte weiter.

Lena seufzte und versuchte mit nur wenig Abstand Schritt halten zu können.

Nach fünf äußerst anstrengenden Minuten erreichten sie die Viehschleuse und Jan machte sich sofort am offenen Tor zu schaffen.

«Er kommt!», rief Lena keuchend die Straße hoch.

Jan zog schnell den Bolzen aus der Halterung und schwang das Gatter über die Straße. Nun hörte er die Motorengeräusche auch. Er rannte auf die andere Seite und steckte den Bolzen wieder durch die Ösen und damit war die Straße für jeglichen Verkehr gesperrt.

Schon bog der Subaru um die Kurve und bremste vor dem Gatter abrupt ab. Sichtlich genervt stieg der

Fahrer aus. «Wer hat da zugemacht?»

«Ich war das. Wir müssen mit Ihnen reden.» Jan stellte sich so vor das Tor, dass der Mann nicht zum Bolzen gelangen konnte.

Der Bauer schaute ihn mit finsterem Blick an. «Ihr geht mir langsam auf die Nerven!»

Jan zitterte innerlich, aber er versuchte nach außen cool zu bleiben. «Wir möchten nur von Ihnen wissen, wo Damian gestern Nachmittag war. Das ist alles.»

«Ich sagte doch schon, dass es dich nichts angeht.» Der Mann kam auf Jan zu und versuchte ihn mit der Hand wegzuschieben.

«Sie meinen, dass es mich etwa genauso wenig angeht wie die Müllsäcke, die Sie in den Wald geworfen haben?»

Der Mann hielt inne und zog seine Hand zurück.

«Sagen Sie uns doch einfach, wo der Senner gestern war, dann hat sich die Sache erledigt.»

«Ich weiß nicht, wovon du sprichst», entgegnete er.

Jan wartete ab und versuchte dadurch die Anspannung seines Gegenübers zu erhöhen.

Der Bauer ging einen Schritt zurück und schaute nervös von einem zum andern.

José nahm demonstrativ sein Handy hervor und begann langsam eine Nummer zu wählen.

«Was tust du da?», fuhr ihn der Mann an.

Jan sah, wie kräftig der Mann war. Konnten sie es zu dritt gegen ihn aufnehmen, falls er ausfällig werden würde? Jan wollte es lieber nicht herausfinden, aber er musste das Spiel trotzdem weiterspielen. «Hatte Damian gestern frei?»

Als der Bauer nicht antwortete, nahm José das

Handy an sein Ohr und wartete.

«Wo war er?», bohrte Jan weiter.

Der Mann schaute von José zu Jan und zurück.

«Hallo, ich bin José. Ich möchte gerne eine Meldung machen. Wir haben da etwas beobachtet.»

«Also gut, was soll's. Er hat gearbeitet. Wir haben Zäune repariert. Er war die ganze Zeit bei mir.»

José nahm den Hörer vom Ohr und sagte: «Einen Moment, bitte.»

«Ist Ihnen in dieser Zeit an Damian etwas Besonderes aufgefallen?», bohrte Jan weiter.

«Er wurde richtig wütend, als er ein Mädchen den Wanderweg hochkommen sah. Ich musste ihm befehlen, bei der Arbeit zu bleiben, sonst wäre er ihr hinterher gerannt.»

«Wie lange musste er am Abend arbeiten?», fragte Lena.

Der Bauer dachte kurz nach. «Etwa um neun waren wir im Stall fertig. Dann rannte er los. Etwa eine Stunde später kam er mit der Nachricht zurück, dass die ‹Enzian› abgebrannt sei.»

Jan drehte sich um, zog den Bolzen aus dem Gatter und öffnete das Tor. «Bitte entschuldigen Sie die Störung. Das ist alles, was wir wissen wollten.»

Der Bauer schaute nochmals alle der Reihe nach an. Dann raunte er etwas Unverständliches und stieg ins Auto ein. Er fuhr mit überhöhter Geschwindigkeit über den Kuhrost und dann weiter den Berg hoch.

Aus Josés Handy tönte eine Stimme.

«Sorry, dass du warten musstest, Luca. Das Alibi des Senners ist bestätigt. Er kann Dajana nicht gefesselt haben.»

«Wir sind jetzt beim Krankenhaus angekommen. Wir fragen Dajana, warum der Senner so wütend auf sie ist.»

«Er heißt übrigens Damian.»

Wieder im Krankenhaus

Den Weg zum Krankenhaus kannten Anna und Luca bereits, sodass sie die Eingangshalle schneller erreichten als am Vormittag. Die Empfangsschalter ließen sie links liegen und steuerten direkt auf den Fahrstuhl zu.

«Ich bin ja gespannt, was Dajana über diesen merkwürdigen Senner zu erzählen hat», sagte Luca, während sie darauf warteten, dass das Pflegepersonal das Bett mit einem Patienten drin aus dem Aufzug rollte.

«Ich kann mir gar nicht vorstellen, wie jemand einen solchen Hass entwickeln kann», spann Anna den Gedanken weiter.

«Dafür muss einem schon etwas Furchtbares geschehen. Etwas, das tief verletzt.»

Sie betraten den Aufzug und Luca drückte die Taste für den dritten Stock. «Leider wird es aber nur noch schlimmer, wenn man nicht vergeben kann.»

Anna runzelte die Stirn. «Wie meinst du das?»

«Damian ist vom Hass gefangen. Hätte er ihr zumindest versucht zu vergeben, könnte er irgendwann darüber hinwegkommen.»

«Du weißt ja gar nicht, was Dajana ihm angetan hat», empörte sich Anna. «Es gibt doch auch Verbrechen, die man nicht einfach so vergessen kann!»

Die Aufzugstür öffnete sich und sie traten auf den Flur hinaus.

«Schon klar. Es verlangt ja auch niemand von ihm, dass Dajana seine beste Freundin wird und schon gar nicht, dass er dem Mädchen vertrauen soll. Vergeben heißt nur, dass er es ihr nicht mehr nachträgt und seine eigenen Fesseln damit aufbricht.»

Sie gingen nachdenklich nebeneinander den Korridor entlang und passierten die Tür mit der Aufschrift «Pflegepersonal». Darin waren einige Mitarbeiter ganz aufgeregt, aber Luca und Anna beachteten sie nicht und bogen zu Dajanas Zimmer ab.

«Vielleicht macht sie einen Mittagsschlaf», vermutete Anna. Daher klopfte sie nur leise und öffnete vorsichtig die Tür.

Es befand sich niemand im Zimmer und Dajanas Bett stand leer da.

Luca schaute zum Badezimmer hinüber. Die Tür stand offen und es war niemand drin. «Warten wir doch hier. Sie wurde sicher für eine Untersuchung in ein anderes Zimmer gebracht.»

Sie setzten sich auf die Stühle beim Fenster und warteten.

Plötzlich stand Luca auf und ging zum Patientenbett hinüber.

«Was fällt dir ein die Schubladen zu öffnen!», protestierte Anna.

«Sie sind leer. Alle ihre Sachen sind weg.»

Anna stand auf und schaute selber nach. «Ihre Pflegeeltern kommen doch erst im Laufe des Nachmittags. Oder sind sie schon früher gekommen und haben sie ins Krankenhaus unserer Stadt verlegt?»

In diesem Augenblick schoss die Tür auf und eine Pflegerin stürzte ins Zimmer. «Habt ihr sie gesehen?», fragte sie die beiden Kinder aufgebracht.

Diese schüttelten erstaunt den Kopf.

«Sie ist uns entwischt. Das ist gefährlich. Sie ist noch nicht stabil genug und könnte einen Kollaps erleiden!» Die Pflegerin begann die Infusionsschläuche wegzuräumen, die Dajana von ihrem Arm weggerissen hatte.

Luca und Anna verließen das Zimmer.

«Das ist merkwürdig. Warum sollte sie abhauen? Heute Morgen schien sie noch keine solchen Absichten zu haben», äußerte sich Luca völlig gedankenversunken.

Plötzlich zupfte Anna Luca am Arm.

Als er sich zu ihr umdrehte, sah er, wie sie den Gang hinunter starrte. «Was ist los?», fragte er sie.

Anna drehte sich zu ihm um und flüsterte: «Da kommen unsere japanischen Freunde von der Alp.»

Luca blickte den Korridor entlang. Tatsächlich kamen die drei Touristen den Gang entlang. «Was wollen die denn hier?»

«Jetzt können wir sie alles fragen», fuhr Anna fort.

«Was fragen?»

«Ob sie auf der Alp jemanden gesehen haben, bevor die Hütte gebrannt hat!»

Luca nickte. «Du bist genial. Komm.»

Sie gingen direkt auf die Männer zu und grüßten sie.

Die Japaner schienen sie auch sofort wiederzuerkennen.

«So sieht man sich wieder», begann Luca. «Es war einiges los auf der Alp gestern.» Er versuchte mit Small Talk unauffällig auf das Thema zu sprechen zu kommen.

Zwei der drei Männer lächelten und nickten.

Als sie nichts antworteten, fuhr Luca fort: «Haben Sie sich auch gefragt, wieso es gebrannt hat?»

Wieder nickten die Männer freundlich.

«Sie waren ja vor uns dort oben. Haben Sie vielleicht etwas beobachtet? Haben Sie jemanden bei der Hütte gesehen?»

Einer sagte etwas auf Japanisch.

Luca vermutete, dass er übersetzte.

Aber die Japaner wechselten untereinander noch ein paar abgehackte, unverständliche Sätze. Dann sagte der Älteste von ihnen: «Nein, wir haben nichts gesehen. Wir waren nur wandern. Auf Wiedersehen.» Er schob Luca sanft zur Seite und ging, gefolgt von den andern beiden, den Korridor entlang weiter.

Die beiden Kinder schauten ihnen nach.

Sie bogen in Dajanas Zimmer ein und verschwanden darin. Dann kamen sie wieder heraus und gingen auf eine der Pflegerinnen zu.

«Wir möchten Dajana besuchen. Wo können wir sie finden?», fragte einer.

«Sie ist nicht mehr da», erwiderte die Angestellte freundlich.

Einer übersetzte ins Japanische. Dann sagte er: «Wo ist sie hingebracht worden?»

«Das wissen wir nicht. Sie ist abgehauen.»

Wieder wurde für den dritten Mann übersetzt. Was dieser hörte, gefiel ihm nicht. Aufgebracht redete er in seiner Sprache auf die andern beiden ein.

Diese versuchten ihn zu beruhigen, aber es gelang ihnen nicht.

Luca verstand kein Wort. «Die sind doch irgendwie verdächtig», flüsterte er.

Anna kam näher an Luca heran und flüsterte so unauffällig wie möglich zurück: «Am Rucksack hängt ein Namensschild. Schaffst du es, es heimlich zu fotografieren?»

Luca nahm die Herausforderung gerne an. «Natürlich schaffe ich das.» Er zog sein Handy aus der Hosentasche. «Dann können wir im Internet nachschauen, was für Typen das sind.»

Luca spazierte in großem Bogen um die Männer herum, um sich von hinten an sie anschleichen zu können.

In diesem Augenblick setzten sie sich aber in Bewegung und kamen immer noch aufgebracht dem Gang entlang auf Anna und den Fahrstuhl zu.

Luca eilte ihnen hinterher. Er musste seine Angriffstaktik ändern. Sein neuer Plan war, dass er sie rechts überholen und dabei unauffällig das Foto schießen würde.

Aber genau als er auf der richtigen Höhe war, wechselte derjenige mit dem Rucksack auf die andere Seite.

Eine Pflegerin rief Luca hinterher: «Darf ich euch beide noch etwas fragen?»

Anna sah, dass Luca keine Chance mehr hatte, das Foto zu knipsen. Sie musste für ihn einspringen.

Luca nickte Anna zu und wandte sich zur Pflegerin. «Natürlich, was kann ich für Sie tun?»

Die drei Männer kamen immer näher auf Anna zu.

Schnell griff Anna nach ihrem Handy und eilte ebenso zu den Aufzügen. Sie musste als Erste einsteigen, damit sie hinter den Japanern stehen konnte. «Normalerweise schauen die Fahrgäste in Richtung Tür», dachte sie, «so kann ich unauffällig ein Foto vom Rucksack schießen.»

Als sich die Schiebetüren des Aufzugs öffneten, schlüpfte Anna schnell hinein. Sie stellte sich ganz hinten an die Wand und machte die Foto-App ihres Smartphones startklar.

Ihr Plan ging auf. Die drei Männer drehten ihr den

Rücken zu und starrten gegen die Tür, während sie immer noch eifrig aufeinander einredeten.

Anna hielt unauffällig das Handy in die Höhe, bis das Namensschild mit der Adresse auf dem Display erschien. Dann drückte sie auf «Aufnahme».

Ein lautes Foto-Klick-Geräusch hallte durch den Aufzug.

Anna zuckte zusammen. Sie hatte ganz vergessen, dass ihr Smartphone das Geräusch einer alten Fotokamera nachahmte, wenn sie ein Foto schoss.

Sofort verstummten die drei Männer und drehten sich zu Anna um.

Anna tat so, als würde sie ihre Fingernägel fotografieren.

Aber einer der drei hatte durch den Spiegel an der Wand gesehen, wie sie das Handy schnell vom Namensschild weggezogen hatte. «Was hast du fotografiert?», fuhr er Anna an.

Anna schaute so unschuldig wie nur möglich zu ihm auf und versuchte dabei ihre Nervosität zu verstecken. «Nichts.» Mehr brachte sie nicht hinaus.

«Du darfst uns nicht fotografieren!», knirschte er.

«Ein fotoscheuer Japaner ist auch mal etwas Neues», murmelte Anna kaum hörbar.

Zum Glück hielt der Fahrstuhl in diesem Moment an und die Türen öffneten sich.

Anna schlüpfte schnell zwischen den Männern hindurch und gesellte sich draußen zu den Menschen am Empfangsschalter.

Die Männer verließen aufgeregt diskutierend das Krankenhaus. Diesmal waren es die zwei anderen, die auf den dritten einredeten.

Anna sah, wie sich draußen einer von ihnen absetzte und mit dem Handy telefonierte, während die anderen beiden davoneilten. Sie zuckte zusammen, als plötzlich jemand ihre Schulter berührte.

Luca stand hinter ihr. «Warst du erfolgreicher als ich?»

«Hast du mich erschreckt! Wie bist du so schnell nach unten gekommen?»

Luca lächelte. «Ich habe die Treppe genommen. Das Foto?»

Anna nickte und hielt ihm das Display unter die Nase.

«Gut, das können wir später anschauen. Wenn du Dajana wärst, wo würdest du hingehen?»

«Ich würde hier bleiben.»

Luca verdrehte die Augen. «Das ist nicht hilfreich. Wo würdest du hingehen, wenn du weggehen wolltest?»

Anna dachte nach. «Es kommt darauf an, was Dajanas Motiv ist. Es ist etwas ganz anderes, ob sie einfach von hier weg wollte oder ob sie nochmals versuchen wollte, ihren Vater zu finden. Im einen Fall ist sie unterwegs nach Hause, aber im andern Fall wohl unterwegs nach Zermatt.»

Luca gab ihr recht. «Die größte Chance sie zu finden ist es, wenn wir zum Bahnhof eilen. Dorthin muss sie, wenn sie nach Hause oder auch nach Zermatt will.»

«Aber wer sagt, dass sie abgehauen ist?» Anna hatte einen ernsthaften Gesichtsausdruck.

«Wie meinst du das?»

«Dajanas Entführung auf der Alp ging schief.»

Luca runzelte die Stirn. «Du meinst, dass die gleichen Typen sie erneut verschleppt haben?»

Donnerstag, 1. August, 15:45

Mit der Luftseilbahn

Luca und Anna suchten den Bahnhof von Visp ab. Dajana war nirgends zu finden.

Plötzlich klingelte Lucas Handy.

Jan war ganz aufgeregt. «Dajana hat wieder etwas ins Forum geschrieben!»

«Was denn? Erzähl schon!»

«Dass sie mit dem Brief hereingelegt worden sei, aber nun wisse, wo sich ihr Vater aufhalte. Sie habe ihn im Internet gefunden. Er sei Bergführer am Matterhorn.»

«Das wissen wir doch auch», unterbrach ihn Luca. «Aber es ist schon mal gut zu wissen, dass sie nicht aus dem Krankenhaus entführt wurde.»

«Wie kommst du darauf?», fragte Jan erstaunt.

Luca räusperte sich. «Das habe ich dir noch gar nicht erzählt. Dajana ist aus dem Krankenhaus abgehauen. Und wir haben die Japaner getroffen. Sie wollten Dajana im Krankenhaus besuchen.»

Luca erzählte Jan die ganze Geschichte. «Hat sie sonst noch etwas im Forum geschrieben?»

«Ja, dass sie jetzt ihren Vater suchen geht.»

«Findet heraus, wo ihr Vater ist und wie man dorthin kommt. Unser Zug fährt jeden Augenblick zurück zu euch. Wenn wir da sind, können wir sie ja alle zusammen suchen gehen.»

*****

Anna und Luca stiegen in die Zahnradbahn ein. Bald darauf tuckerte diese an der imposanten Landschaft vorbei zurück ins Mattertal.

Anna war eingenickt und döste vor sich hin.

Plötzlich klingelte wieder Lucas Telefon. «Hallo?»

«Wo seid ihr im Zug?», fragte Jan.

«Im zweitvordersten Wagen. Warum?»

«Bleibt sitzen, wir steigen in Täsch auch zu! Ich habe herumtelefoniert. Dajanas Vater ist unterhalb des Matterhorns in einer Berghütte.»

Jan wollte schon aufhängen, aber Luca hinderte ihn daran: «Warte! Wir haben die Fahrkarten nur bis zum Campingplatz gelöst.»

«Okay, wir kaufen euch auch welche.»

Kurze Zeit später winkten Luca und Anna ihren Freunden vom Zug aus zu.

Diese stiegen ein und setzten sich zu ihnen.

«Wo finden wir diese Berghütte?» Luca wollte über alle Details informiert werden.

«Die Bergtouren starten jeweils mitten in der Nacht von einer Berghütte aus. Sie heißt ‹Hörnlihütte› und liegt auf über 3000 Metern», erklärte Jan.

«Auf dem Vermittlungsbüro für Bergführer haben sie gesagt, dass er sowohl heute als auch morgen auf einer Tour sei», ergänzte José.

«Und die Frau am Telefon sagte, dass gerade eben ein Mädchen angerufen habe und dasselbe wissen wollte.» Lena schaute Luca und Anna mit einem vielsagenden Blick an.

«Das bedeutet also, dass wir Dajana irgendwo auf dem Weg zu dieser Hütte finden», folgerte Luca.

Jan nickte.

Der Zug setzte sich wieder in Bewegung.

«Aber», wandte Luca ein, «wie sollen wir so spät am Nachmittag noch zu einer Hütte gelangen, die auf über 3000 Metern liegt?»

José winkte ab. «Kein Problem. Der Fußmarsch beträgt nur zwei Stunden. Den größten Teil der Strecke kann man mit einer Luftseilbahn zurücklegen.»

«Dajana wird mit ihrer Rauchvergiftung auf dieser Höhe nicht so schnell vorwärtskommen. Die holen wir bestimmt schnell ein.» Jan gab sich zuversichtlich.

Anna runzelte plötzlich besorgt die Stirn. «Auf 3000 Metern ist die Luft ja schon ziemlich dünn. Könnte es da für Dajana gefährlich werden?»

Lena nickte, weil sie diese Befürchtung teilte.

«Am 1. August sind bestimmt viele Touristen da oben. Es gibt sicher jemand auf sie acht», versuchte Jan die beiden zu beruhigen.

Die Bahn musste im weiteren Verlauf der Fahrt mehrmals stoppen, um auf einen entgegenkommenden Zug zu warten.

«Erwähnt bei Dajana nie das Wort ‹Erdbeereis›!», sagte Jan unvermittelt.

Die andern schauten ihn erstaunt an und verlangten nach einer Erklärung.

«Nicht so wichtig», winkte Jan ab.

Aber José blieb hartnäckig. «Hat das vielleicht etwas damit zu tun, dass du ihr noch etwas schuldest?»

«Schaut mal, am Hang dort drüben weidet eine Schafherde! Die sehen aus wie weiße Ameisen», versuchte Jan abzulenken, aber das war zu offensichtlich.

Die andern fünf bohrten so lange weiter, bis Jan endlich auspackte.

«Also gut. Ich bin einmal im Schulhaus zu schnell durch den Korridor gerannt, als mir Dajana mit einem Erdbeereis in der Hand entgegenkam. Ich habe sie zu spät gesehen und bin voll in sie hinein geknallt. Das Eis war anschließend über ihr ganzes Shirt verteilt.»

José zuckte mit der Schulter. «So schlimm ist das ja nun auch wieder nicht.»

Jan blickte beschämt zu Boden. «Sie war gerade neu in die Pflegefamilie gekommen und das war ihr erster Tag an unserer Schule. Ich war noch jung und bin nach einer kurzen Entschuldigung einfach weitergerannt. Ich hörte dann, wie die Kinder aus ihrer Klasse sie wegen dem verschmierten Shirt auslachten. Sie erzählte, dass sie nichts dafür könne, weil ein Junge in sie hineingerannt sei. Aber es glaubte ihr niemand. Ich hätte die Sache aufklären können, aber es war mir in diesem Moment zu unwichtig. Hinterher habe ich es natürlich bereut und hätte es gerne ungeschehen gemacht, aber da war es zu spät. Wie ich hörte, hatte sie in der Klasse einen sehr schweren Start und ihr Image wurde sie seither nicht mehr los.»

Die anderen vier schwiegen, bis der Zug im Bahnhof Zermatt einfuhr.

Da durchbrach Luca die Stille: «Jan, dir ist sicher bewusst, dass du uns allen etwas schuldest!»

«Du kannst meine Kleider waschen», begann José, der sich auf dieser Reise schon so oft umziehen musste, dass er keine ungebrauchten Kleider mehr dabei hatte.

«Dornen haben mir das Bein zerkratzt, als ich die Box suchen gegangen bin.» Luca zeigte auf die roten

Striche auf seinen Beinen.

Anna erinnerte Jan an ihr unfreiwilliges Bad im Ententeich und Lena rief ihm den anstrengenden Berglauf wieder ins Gedächtnis.

«Wenn ich dann mal Millionär bin, lade ich euch alle zum Essen ein», versprach Jan und wechselte aus aktuellem Anlass das Thema: «Wir haben keine Zeit zu verlieren. Der Bus wartet schon auf uns.»

«Welcher Bus?», fragte Lena.

«Willst du zur Talstation der Bergbahn rennen? Es geht ein wenig aufwärts …», gab Jan neckend zurück.

«Sei doch still!» Lena boxte Jan in den Oberarm.

*****

Kaum waren sie in den Elektro-Bus eingestiegen, fuhr dieser auch schon los.

«Seid wachsam, vielleicht ist sie ja irgendwo unterwegs!», erinnerte Jan seine Freunde an ihre Mission.

Bei der Talstation der Luftseilbahn stiegen sie aus und eilten zum Eingang. Aber als sie die Tarife für Hin- und Rückfahrt sahen, waren nicht mehr alle davon überzeugt, hochfahren zu wollen. Zudem hätten sie oben nur etwa 15 Minuten Zeit gehabt, um Dajana zu suchen, bevor die letzte Gondel für heute wieder ins Tal fuhr.

Enttäuscht und ratlos standen sie da.

«Wir könnten nur nach oben fahren und dann nach unten wandern», schlug José vor.

Jan nickte. «Ich frage mal nach, wie lange man dafür etwa braucht. Zeigt doch ein paar Leuten das Foto von Dajana. Vielleicht hat sie jemand gesehen.» Jan rannte zurück zum Ticketschalter, während die andern vier seinen Vorschlag in die Tat umsetzten.

Luca zeigte Dajanas Facebook-Bild dem Bahnangestellten, bei dem jeder vorbei musste, der in die Gondel einsteigen wollte.

Er erkannte das Mädchen. «Die könnte hier gewesen sein», begann er. «Es hat so ein Mädchen auf dieser Bank dort gelegen. Es ging ihr nicht besonders gut.»

«Und wo ist sie jetzt?», fragte Anna aufgeregt.

Der Mann mit der orangen Weste zeigte auf die Seilbahn. «Sie ist gerade eben mit der Bahn hochgefahren. Zum Glück musste sie in ihrem Zustand nicht allein reisen.»

«Wie meinen Sie das? Wer war noch dabei?»

«Japanische Touristen haben mit ihr geredet und ihr beim Einsteigen geholfen. Einer fuhr dann auch mit ihr mit.»

Luca nahm Anna das Handy aus der Hand.

«Hee», wehrte sie sich, aber er reagierte nicht darauf.

Er blätterte die Fotos zurück und streckte dem Mann das Bild mit dem Rucksack hin. «Kann es sein, dass einer dieser Japaner einen solchen Rucksack getragen hat?»

Der Bahnangestellte nickte. «Ja, das kann gut sein. Ich war froh, dass sie sich um sie gekümmert haben. Sie sah wirklich nicht gut aus. Keine Ahnung, was sie dort oben am Schwarzsee will.»

Anna atmete auf. «Ihr hattet recht, sie ist wenigstens nicht allein.»

Luca schüttelte den Kopf. «Ich bin mir nicht sicher, ob das etwas Gutes bedeutet.»

«Wie meinst du das?», fragte Lena erstaunt.

«Mir kommen diese Japaner nicht ganz lupenrein vor. Es ist schon sehr merkwürdig, dass sie im Krankenhaus aufgetaucht sind. Woher wussten sie Dajanas Name? Oder haben sie am Empfang einfach nach ‹dem Mädchen, das im Rauch fast erstickt wäre› gefragt?» Luca schickte das Bild auf sein Handy weiter.

José seufzte. «Was machen wir nun?»

«Ihr Jungs heckt einen guten Plan aus. Wir verschwinden kurz aufs Klo», erklärte Anna. Und Lena nickte.

Während die Mädchen die Toilette aufsuchten, setzten sich die drei Jungs auf eine Bank davor.

«Am besten sagen wir mal den Pflegeltern, wo sie Dajana finden können», schlug Jan vor.

Luca zog sein Handy aus der Hosentasche und schaute sich das Bild des Namensschildes noch mal an. «Um ihnen aber nicht unnötig Sorgen machen zu müssen, schaue ich doch lieber noch kurz nach, was wir über ihren jetzigen Reisebegleiter herausfinden können. Vielleicht ist der Japaner in seiner Heimat ja ein Pfarrer oder so ähnlich. Das wäre doch schon mal beruhigend.» Zum Glück waren der Name und die Ortschaft nicht in japanischen Zeichen geschrieben, sodass er sie lesen konnte.

Er gab den Namen in die Suchmaschine ein und diese erzielte tatsächlich mehrere Resultate.

Verwundert sah Luca, dass es sich nicht um einen Personennamen handelte, sondern um einen Firmennamen. «Das müsst ihr euch anschauen. Das ist der Name einer Firma in Japan.»

José runzelte die Stirn. «Ich dachte, du surfst nur im Internet, wenn du WLAN hast?»

«Das ist eine Ausnahme», rechtfertigte sich Luca.

«Was ist es für eine Firma?»

Luca durchsuchte das Internet nach Informationen.

«Die stellen irgendwelche elektronischen Teile her.» Plötzlich stutzte Luca. «Der Name ist auch in einer Zeitung in der Schweiz erwähnt.»

«Was steht dort drin?», wollte Jan wissen.

Luca blieb eine Weile still, während er den Artikel las. Dann holte er Luft. «Da wird mir einiges klar. Da steht, dass der Chef dieser Firma zusammen mit seinem Sohn vor wenigen Jahren eine Klettertour auf das Matterhorn unternahm. Ratet, wer der Bergführer war!»

Die anderen blieben still und schauten Luca erwartungsvoll an.

«Dajanas Vater!»

José schüttelte verständnislos den Kopf. «Ich verstehe nicht, wie das alles zusammenhängt.»

«Die Welt kann doch nicht so klein sein. Da muss noch mehr dahinter stecken!», war Jan überzeugt.

Luca las weiter. «Oh nein», entfuhr es ihm plötzlich.

«Was ist?», wollte Jan sofort wissen.

«Es gab auf dieser Bergtour einen Unfall, bei dem der Sohn des Japaners starb», erklärte Luca, ohne vom Bildschirm aufzuschauen. «Der Japaner gibt Dajanas Vater die Schuld dafür, aber das Gericht hat diesen von der fahrlässigen Tötung freigesprochen. Es stand Aussage gegen Aussage und die Beweise für eine Verurteilung fehlten.»

José verstand das nicht. «Aber wenn ein tödlicher Unfall geschieht, wird doch von der Spurensicherung der Polizei alles genau untersucht. Wenn so etwas auf der Autobahn geschieht, bleiben die doch immer so lange blockiert.»

Luca erhob den Zeigefinger. «Nicht vergessen. Wir sprechen hier von einem hochalpinen Unfall. Die Spitze des Matterhorns liegt auf fast 4500 Metern. Da oben gelten naturgemäß andere Bedingungen.»

Jan dachte nach. «Was hat das aber mit Dajana zu tun?»

Luca erschrak. «Es waren die Japaner! Sie haben Dajana in der Alphütte eingesperrt.»

«Warum sollten sie das tun?», wollte José wissen.

«Sie haben herausgefunden, dass der Bergführer selbst auch ein Kind hat und wollen ihn irgendwie erpressen», mutmaßte Luca.

«Genau», sprach plötzlich eine Stimme hinter ihnen.

Jan & Co. drehten sich erschrocken um.

Die beiden Japaner standen dicht hinter der Bank und hielten einen kleinen japanischen Dolch direkt an Jans Hals. «Macht keinen Mucks!», befahl der Alte.

Luca blickte sich um, es war niemand in der Nähe. Schreien würde also nichts bringen. «Hoffentlich bleiben die Mädchen lange genug auf der Toilette», schoss es ihm durch den Kopf, «damit die Japaner sie nicht sehen.»

«Wenn ihr schön macht, was wir sagen, geschieht euch und Dajana nichts», drohte er. «Gebt mir alle eure Handys.»

Widerwillig gaben sie ihre Handys ab.

Jan schaute sich die Gegner genau an. Trotz der sommerlichen Wärme trug der Alte einen schwarzen Mantel und er hatte kurze Haare.

Der jüngere trug die Haare etwas länger, sodass sie ihm bis über die Ohren hingen. Er hatte ein harmloses, aber irgendwie trauriges Gesicht. Seine Mundwinkel hingen nach unten, was zu seinen Augen passte, die außen auch nach unten gebogen waren. Jan erinnerte sich, dass dieser es war, der mit dem Salto über den Viehzaun gesprungen war. Er vermutete, dass er die Kampfkunst ziemlich gut beherrschte, auch wenn er noch so harmlos aussah. Jan nannte ihn «Salto».

Der Ältere zeigte auf Luca. «Du gehst auf die Damentoilette und holst die Mädchen raus. Mach ihnen klar, dass sie nicht schreien dürfen. Er kommt mit dir.»

Luca trat zur Tür und zögerte. Was sollte er den Mädchen sagen?

Salto folgte ihm. Er schubste den Jungen gegen die Tür und sagte irgendetwas Japanisches.

Der Junge öffnete die Tür und trat ein.

«He, was soll das?», rief ihm Anna vom Waschbecken aus entgegen, aber als sie seinen Gesichtsausdruck und den Japaner hinter ihm sah, wusste sie, dass etwas nicht stimmte.

«Wir haben ein kleines Problem», begann Luca vorsichtig, «die Typen haben Dajana entführt und wollen uns nun auch mitnehmen.»

Lena trat erstaunt aus der Toilettenkabine heraus.

«Handy», sagte Salto zu Luca und deutete auf die Mädchen. Als dieser nicht reagierte, wiederholte er es strenger.

«Ich muss eure Handys einsammeln», erklärte Luca.

Widerwillig legten die beiden ihre Smartphones in Lucas offene Hand.

Aber dort blieben diese nicht lange liegen. Mit eleganten Handbewegungen, die Luca nicht richtig nachvollziehen konnte, nahm ihm Salto die beiden aus der Hand und ließ sie in der Jackentasche verschwinden.

Dann deutete er mit dem Kopf zur Tür.

Die Kinder verstanden, dass sie mitkommen mussten.

Als Lena noch einen kurzen Abstecher zum Waschbecken machte, um sich die Hände zu waschen, nickte ihr der Mann zu. Hygiene lag ihm also auch am Herzen.

Draußen übergab der Alte den Dolch an Salto und ging weg.

«War das ihre Chance zu flüchten?», fragte sich Luca in Gedanken. Sie waren zu fünft gegen einen. Als er den Japaner nochmals musterte, war ihm aber klar, dass sie gegen diesen Kampfartisten kaum eine Chance hatten.

Nach kurzer Zeit kam der Alte mit Tickets für die Luftseilbahn zurück.

Es fiel niemandem auf, dass etwas nicht stimmte, als sich die ungleiche Gruppe in eine Gondel zwängte. Kurz darauf schloss sich die Tür und schon schwebte die Bahn aus der Station hinaus in die Höhe.

Gefangen auf 2500 Meter über Meer

Luca konnte sich nun zusammenreimen, was passiert war. Der japanische Vater, dessen Sohn gestorben war, hatte herausgefunden, dass der Bergführer selbst eine Tochter hat. Um ihn zu erpressen, lockte er Dajana mit einem falschen Brief in die Alphütte. Wegen dem Feuer funktionierte ihr Plan jedoch nicht und Dajana entkam ihnen. Da sie aber ihre Mission mit der Erpressung des Bergführers zu Ende bringen mussten, wollten sie Dajana im Krankenhaus «besuchen». Als auch das schief ging und Jan & Co. von ihren Plänen erfuhren, war das nun ihr dritter Versuch, den Bergführer mit der Entführung seiner Tochter zu erpressen.

Aber wie kam das mit dem Handy, das unversehrt neben dem Brandherd lag? Luca nickte still. Die Japaner hatten es bei sich, als sie zurück zur abgebrannten Alphütte kamen. Als Jan anrief, wollten sie vermutlich nicht, dass der Klingelton sie verriet, deshalb haben sie es kurzerhand unter einem Stein verschwinden lassen. Luca atmete aus. Darum war es vom Löschwasser nicht nass geworden.

«Warum bringen Sie uns auf den Berg?», wollte Jan von seinen Entführern wissen.

«Das geht dich nichts an.»

«Ist es richtig, dass es um Dajanas Vater geht?», fuhr Luca fort.

«Das geht dich nichts an», wiederholte der Alte strenger. «Ich habe meinen Auftrag.»

«Sie wissen aber, dass Dajana ihren Vater gar nicht

kennt. Sie hat ihn noch nie gesehen.»

Jan schaute mit einem Blick zu Luca hinüber, der zu fragen schien: «Weißt du auch wirklich, was du da tust?»

Luca beachtete ihn nicht und fuhr fort. «Egal, was sie erpressen wollen, der Mann hat sich noch nie um seine Tochter gekümmert. Warum sollte er das jetzt tun?»

«Das ist Pech für euch!», fuhr ihn der Japaner an. «Wenn er das Schuldgeständnis nicht unterzeichnet, ist er für sechs weitere Unfallopfer verantwortlich.»

José rechnete schnell nach: Sie waren zu fünft plus Dajana gab sechs. Es wurde ihm ganz heiß, die meinten es also ernst.

Luca schwieg von nun an.

*****

An der Mittelstation «Furi» konnten sie sitzenbleiben. Die Gondel fuhr etwas langsamer und öffnete für kurze Zeit die Tür. Danach wurde die Gondel wieder in die Höhe gezogen.

Die Landschaft, die unter ihnen vorbeizog, wurde immer kahler. Da und dort sahen die Passagiere trotz des Sommers kleine Schneefelder. Die Aussicht auf die 4000er Berge wäre atemberaubend gewesen, aber die Kinder konnten sich gar nicht richtig darauf konzentrieren.

Hinter den Bergen begannen sich die Wolken hoch aufzutürmen. Ein Sommergewitter braute sich zusammen.

*****

Beim Aussteigen suchte Jan eine Möglichkeit, nach Hilfe zu rufen oder zu fliehen. Der Weg aus der Bergstation hinaus war aber auf beiden Seiten mit einem Maschendrahtzaun begrenzt. Und zudem wusste er nicht, was die Entführer mit Dajana machen würden, wenn plötzlich die Polizei hier oben auftauchen würde.

Ein zügiger Wind war aufgekommen und blies noch mehr Wolken in ihre Richtung.

Die beiden Entführer zwangen die Kinder einen Bergweg hinunter zu wandern. Vor ihnen lag ein kleiner See, an dessen Ufer eine winzige Kapelle stand. Sie wanderten direkt darauf zu.

Salto führte die Gruppe unter das Vordach und klopfte an die Tür und rief: «Akio!»

Jemand öffnete von innen.

Jan erkannte ihn sofort. Es war der dritte, den sie auch bei der Alphütte gesehen hatten. Er trug die gleiche Baseballmütze wie gestern mit dem gestickten Matterhorn darauf. Jan wusste nicht, was «Akio» bedeutete, aber er nahm einfach mal an, dass es dessen Name war.

Die beiden Japaner schubsten die Kinder ins Innere der Kapelle.

Dort saß Dajana gefesselt und mit einem Klebeband über dem Mund auf einer hölzernen Kirchenbank. Sie hatte einen entsetzten Gesichtsausdruck.

Nun wurden auch Jan & Co. mit Kabelbindern die Hände hinter den Rücken gebunden.

Akio fragte etwas auf Japanisch.

«Nein, du kannst Dajana das Klebeband wegnehmen. Hier oben hört sie niemand», erwiderte der Alte. «Bald ist die letzte Talfahrt der Gondelbahn, dann sind kaum noch Touristen unterwegs.»

*****

Auf dem Campingplatz herrschte reges Treiben. Viele Familien und Gruppen bereiten sich für die Feierlichkeiten des Nationalfeiertags vor. Alle paar Meter roch es köstlich nach gegrilltem Fleisch, jeder Duft ein wenig anders.

Herr Leuenberger spazierte zufrieden zum Wohnmobil und amüsierte sich, als er die unterschiedlichen Gewohnheiten der Gäste sah.

Dort angekommen sah er sich um. Wo waren wohl die Kinder, fragte er sich.

Er wählte Lucas Telefonnummer, aber dieser antwortete nicht. Als er auch beim dritten Versuch ein paar Minuten später nicht ans Telefon kam, versuchte Herr Leuenberger auch noch Jan erfolglos zu erreichen.

Auf einmal klingelte sein Handy. «Leuenberger?»

«Pfister. Guten Abend. Meine Pflegetochter sagte, sie seien nach Zermatt gefahren, um Dajana zu suchen.»

«Ich verstehe nicht ganz …»

«Sie sind der Vater von Luca, richtig?»

«Ja, der bin ich.»

«Dajana ist von zu Hause abgehauen und mit einer Rauchvergiftung im Krankenhaus gelandet.»

«Ach so. Ja, davon habe ich gehört. Wie kann ich Ihnen helfen?»

«Nun ist sie auch noch aus dem Krankenhaus verschwunden. Ich wollte fragen, ob Sie oder die Kinder etwas davon wissen.»

«Nein, davon weiß ich nichts. Aber ehrlich gesagt, weiß ich im Moment auch nicht, wo sich die Kinder aufhalten.»

*****

Die Luft wurde immer stickiger.

Die kleine Kapelle bestand nur aus einem einzigen Raum, sodass Jan & Co. mitbekamen, als ihre Entführer Kontakt mit Dajanas Vater aufnahmen.

Sie erreichten ihn, als er gerade in der Besprechung mit dem Kunden war, mit dem er am frühen Morgen den Gipfel des Matterhorns erklimmen würde. «Machen Sie es kurz», sagte dieser, als er noch nicht wusste, worum es ging.

«Wir haben Ihre Tochter», brummte der Alte ins Telefon. Er machte sich nicht einmal die Mühe seine Stimme zu verstellen. «Unterschreiben Sie das Schuldgeständnis, dann lassen wir sie frei.»

«Hören Sie mit dem Unfug auf. Ich rufe die Polizei, wenn Sie mich weiter belästigen.» Die Stimme zitterte. Man hörte, dass der Bergführer die Nase von den bisherigen Kontaktaufnahmen des Japaners gestrichen voll hatte.

«Sie haben mich nicht richtig verstanden», fuhr der Alte unbeirrt fort, «wir haben Ihre Tochter. Wenn Sie sie jemals wiedersehen möchten …»

«Ich habe keine Tochter», fiel ihm der andere ins Wort.

Die Japaner sahen sich verdutzt an und auch Dajana hatte es gehört.

Aber der Alte ließ sich nicht beirren. «Doch. Ich habe Dokumente mit Ihrer Unterschrift drauf. Es ist Ihre Tochter.»

«Ich rufe jetzt die Polizei.»

Nun wurde der Alte ungehalten. «Wenn Sie das

machen, wird Ihre Tochter dafür büßen!»

«Ich rufe sie trotzdem», antwortete der Bergführer und beendete abrupt das Gespräch.

Der Alte fuhr herum und stampfte wütend auf den Boden. So hatte er sich das nicht vorgestellt. «Ich habe davon gehört, dass die Familie in Europa nicht viel Wert hat. Aber dass es so schlimm um den Familienzusammenhalt steht, hätte ich nicht gedacht. Nicht einmal seine eigene Tochter interessiert ihn!»

Die drei Entführer sprachen aufgeregt miteinander.

Ab und zu fiel zwischen den japanischen Wörtern das Wort Polizei. Jan vermutete, dass sie über die Folgen diskutierten, wenn der Vater seine Drohung wahr machte und die Polizei benachrichtigte.

*****

Dajanas Vater verließ das Mehrbettzimmer mit der Bemerkung, dass er gleich zurückkommen werde.

Die hochalpine Hütte war wegen der optimalen Bedingungen am Berg übervoll.

Der Bergführer hatte Mühe einen Ort mit etwas Privatsphäre zu finden, deshalb schritt er nach draußen. Dort atmete er tief durch und wählte die Nummer der lokalen Polizeistation und schilderte den sonderbaren Anruf, den er gerade bekommen hatte.

«Haben Sie einen Verdacht, wo sich der Anrufer befinden könnte?», fragte der Beamte.

«Nein, keine Ahnung. Die Telefonnummer kann ich Ihnen auch nicht geben. Es war eine ‹unbekannte Rufnummer›.»

«Hat der Anrufer einen Namen genannt?»

«Nein. Aber sie wollen, dass ich das Schuldgeständnis unterschreibe. Das lässt keinen Zweifel, dass der Vater des verunglückten Jungen dahinter steckt.» Er nannte dem Polizisten den Namen und die Adresse. «Ehrlich gesagt, weiß ich auch nicht, ob er meine Tochter wirklich hat. Ich habe sie noch nie gesehen und ich nehme an, dass sie auch nicht weiß, wer ich bin.»

Der Polizist räusperte sich. «Wenn er das nächste Mal anruft, sagen Sie, dass Sie mit Ihrer Tochter sprechen möchten.»

«Das würde ich lieber nicht tun. Das ist nicht der richtige Augenblick, um zum ersten Mal ihren Vater zu sprechen.»

«Aber es würde uns helfen, wenn wir wüssten, dass der Typ wirklich jemanden in seine Gewalt gebracht hat.»

«Das verstehe ich. Aber er könnte mir irgendjemanden ans Telefon geben, ich wüsste nicht, ob es meine Tochter ist oder nicht. Ich kenne ihre Stimme nicht.»

«Gut, wir versuchen Kontakt mit Ihrer Tochter aufzunehmen. Dann wissen wir sofort, ob sie vermisst wird oder nicht. Wie heißt Ihre Tochter?»

Der Bergführer räusperte sich und zögerte. «Ich … ich weiß es nicht.»

*****

Plötzlich hörten Jan & Co. Stimmen vor der Tür. Die Türklinke wurde heruntergedrückt, aber sie war abgeschlossen.

Man hörte, dass draußen jemand enttäuscht war, dass er das Innere der Kapelle nicht auch besichtigen konnte.

«Die können morgen wiederkommen», flüsterte Jan.

Aber Salto fauchte ihn an und hielt ihm unsanft den Mund zu.

Erst als die Touristen sich wieder entfernt hatten, ließ er Jan los. Die Bewacher stellten sich zur Tür und redeten miteinander.

Dajana rollte eine Träne über die Wange.

Jan sah es. «Alles wird gut», versuchte er sie zu trösten.

«Nein, es wird nicht alles gut», schluchzte sie leise, «wie würdest du dich fühlen, wenn dein Vater abstreiten würde, dass er ein Kind hat?»

Jan wusste nicht, was er antworten sollte.

«Wofür bin ich überhaupt hier, wenn mich niemand will?»

José schaltete sich ein. «Die Japaner wollen dich doch. Für sie bist du im Moment sehr wertvoll.»

Die anderen straften ihn für seine unsensible Äußerung mit bösen Blicken.

«Das ist bestimmt nicht einfach», versuchte Lena Verständnis zu zeigen.

Luca schaute auf die Wandbemalungen in der Kapelle. Passend zum Namen der Kapelle «Maria zum Schnee», war groß eine Maria mit dem Jesuskind auf dem Arm abgebildet. «Dem Jesuskind da oben an der Wand ist es ähnlich gegangen wie dir.»

Dajana blickte fragend auf.

«Auch er hatte keinen Vater hier auf der Erde», fuhr Luca fort.

«Aber er hatte einen Pflegevater, der gut für ihn sorgte: Josef», ergänzte José.

Luca nickte. «Du hast ja auch Pflegeeltern, die sich gut um dich kümmern. Das hat uns jedenfalls Marlena erzählt.»

Dajana dachte zum ersten Mal seit Stunden wieder an ihre Pflegeeltern. Die machten sich bestimmt Sorgen um sie. Sie war so fest in Selbstmitleid versunken, dass sie gar nicht an sie gedacht hatte. Aber dann blickte sie zur Maria und dem Jesuskind auf. Wenn sie sich richtig erinnerte, hatte dieses Jesuskind aber doch einen richtigen Vater. Der Vergleich war also nicht fair. Deshalb sagte sie: «Im Gegensatz zu mir hatte das Jesuskind aber doch Gott selbst zum Vater», gab Dajana zurück.

Luca schaute sie entgeistert an. «Aber … aber Gott möchte doch der Vater von allen Menschen sein!»

«Wie meinst du das?», fragte Dajana verwundert.

«Wir haben heute Morgen das Vaterunser gelesen. In diesem Gebet sagen wir zu Gott ‹unser Vater›», erklärte Luca. «In der Bibel heißt es doch, dass alle Menschen Gott zum Vater haben dürfen. Dieser Vater lässt ganz sicher keines seiner Kinder im Stich.»

«Momentan sieht es aber gar nicht so aus», fuhr José dazwischen, «wir stecken hier in einer ziemlich doofen Lage.»

Auf einem der Bilder an der Wand beugte sich ein Wanderer zu diesem Jesuskind hinunter. Anna zeigte darauf. «Wenn dieser Wanderer auf dem Bild Gott um Schutz für seine Wanderung bitten darf, dann dürfen wir ihn wohl auch bitten, dass er uns bewahrt und heil aus den Händen dieser Typen befreit.»

Luca und Jan nickten.

«Wie macht man das?», fragte Dajana.

Jan erinnerte sich an den Vormittag. «Heißt es nicht

im Vaterunser: ‹Und erlöse uns von dem Bösen›? Dann können wir ja einfach das beten.»

Still für sich rezitierte jeder, so gut er sich an die Worte erinnern konnte, das bekannte Gebet.

«Ein Glück, dass wir gerade in einer Kapelle sind», unterbrach Dajana schließlich die Stille.

*****

Die Entführer diskutierten aufgeregt. Wie auf Kommando waren sie mehrmals plötzlich still, nur damit die Diskussion nach wenigen Augenblicken wieder von Neuem los ging.

Dann telefonierte der Alte auf Japanisch und als er auflegte, sagte er: «Seid still. Keiner macht einen Mucks. Wir rufen nochmals deinen Vater an.»

Er wählte die Nummer.

«Ich habe die Polizei informiert. Jetzt hören Sie endlich mit diesen albernen Drohungen auf!», erklang dessen Stimme aus dem kleinen Lautsprecher.

«Machen Sie es nicht noch schlimmer, als es ist», sagte der Alte gespielt ruhig. «Unterschreiben Sie das Schuldgeständnis. Mehr wollen wir gar nicht.»

«Ich habe das Papier längst weggeworfen. Was da drauf steht, ist lächerlich. Nach dem Unfall wurde alles untersucht. Sehen Sie es doch endlich ein! Der Berg beinhaltet immer ein Risiko. Das ist mein letztes Wort.» Wieder hängte der Bergführer auf.

Der Alte blieb regungslos stehen.

Jan sah, dass er schwer atmete.

«Mein Chef vertraut mir, dass ich die Unterschrift bringe», murmelte der Mann vor sich hin.

Die andern beiden fragten etwas auf Japanisch und der Alte antwortete: «Wir fragen den Chef, ob er Plan B haben will.»

Akio nickte zustimmend, während Salto sich auf die Unterlippe biss und auf den Boden schaute.

Der Alte verließ die Kapelle.

*****

Die Anspannung unter den Kindern war förmlich zu spüren.

«Was ist Plan B?», fragte Anna ängstlich.

Es antwortete niemand, aber alle machten sich ihre Gedanken. Etwas Gutes bedeutete es sicher nicht. Plan B war bestimmt schlimmer als Plan A. Die Stimmung unter den Kindern sank spürbar unter den Gefrierpunkt.

Plötzlich kam Jan eine Idee, wie er sich und die anderen von den schlimmsten Befürchtungen ablenken konnte. «Was hat der Senner Damian eigentlich gegen dich?»

Dajana schaute abrupt auf. «Woher kennst du Damian?»

«Wir sind ihm bei der Alphütte begegnet und er war ziemlich wütend auf dich.»

«Er sagte, dass du am schlechten Verlauf seines Lebens schuld seist», ergänzte José, «wie meint er das?»

«Ich war noch jung», verteidigte sich Dajana.

Jan & Co. schauten sie mit dem «Was hast du getan?»-Blick an.

«Es war der 1. April im Kinderheim. Damian spielte mir schon beim Frühstück einen üblen 1.-April-Scherz. Alle lachten und er war der Held. Im Laufe des Vormittags wurden reihum weitere Streiche gespielt und wer einen ausheckte, wurde von den anderen gefeiert. Ich war noch klein und wollte auch einmal im Mittelpunkt stehen. Da hatte ich die zündende Idee: Unser Heimleiter hatte die Angewohnheit, sich mit Schwung in den Polstersessel im Pausenraum plumpsen zu lassen. Als ich von der Schule ins Heim zurückkehrte, schlich ich mich zum Sessel und entfernte die Polster daraus und spannte den Überzug wieder darüber. Der Heimleiter brach sich an diesem Tag das Steißbein.»

«Was hat das mit Damian zu tun?», fragte Luca neugierig.

Dajana rieb den Kopf an ihrer Schulter, da ihre Hände gefesselt waren. «Ich war immer noch wütend auf Damian und wollte natürlich nicht zugeben, dass ich die Polster entfernt hatte. Deshalb erzählte ich, wie ich gesehen hätte, dass es Damian gewesen war.»

«Die haben dir das einfach so abgekauft?», fragte Anna ungläubig.

Dajana nickte. «Ich war ein ruhiges Mädchen. Mit mir hatten sie noch nie Probleme. Aber Damian hatte schon so viele Streiche gespielt, dass ihm niemand glaubte, als er beteuerte, nichts damit zu tun zu haben. Von da an war er beim Heimleiter abgeschrieben. Er wurde nach kurzer Zeit in ein anderes Kinderheim versetzt und konnte dadurch die Lehrstelle nicht antreten, die er für den Sommer versprochen bekommen hatte. Ich sehe sein wütendes und bettelndes Gesicht noch vor mir, als sie ihn abholten. Er schaute mich in der Hoffnung an, ich würde doch noch die Wahrheit sagen. Da tat er mir echt leid, aber ich schwieg. Wie gesagt, ich war noch sehr jung. Seither habe ich ihn nicht wieder gesehen.»

Jan sah den Sennen wieder vor sich, wie er vom Bauern schlecht behandelt wurde. «Wie es ihm jetzt geht, wissen wir ja.»

«Wie denn?», fragte Dajana aufrichtig interessiert.

Jan und José erzählten ihr, wie Damian auf der Alp hart arbeiten musste und wie ihn der Bauer an der kurzen Leine hält.

«Vielleicht könntest du die Geschichte jemandem erzählen und ein gutes Wort für ihn einlegen», schlug Lena vor.

Dajana schaute zu Boden. «Der 1.-April-Streich beim Frühstück war nicht sein einziger. Er hat mich auch schon vorher sehr gerne geärgert und gequält. Ich weiß nicht, ob ich das will.»

Jan atmete plötzlich tief aus.

Luca sah, dass sein Freund etwas beschäftigte. «Was ist?»

Jan reagierte nicht. Als er die Geschichten aus Dajanas Leben hörte, wurde er plötzlich sehr dankbar dafür, dass er Eltern hatte. Dass seine Eltern ihm Vorschriften machten, sah er plötzlich in einem andern Licht. Sie wollten ihn beschützen. Dajana tat ihm leid – und er spürte ein Verlangen, etwas wieder in Ordnung zu bringen. «Ich möchte mich wegen damals entschuldigen, Dajana», begann er schließlich.

Dajana schaute ihn fragend an. «Wegen was?»

«Wegen dem verschmierten Erdbeereis auf deinem T-Shirt und dass du deswegen ausgelacht worden bist. Das tut mir wirklich leid.»

«Das warst du?», fragte sie nach einer Weile erstaunt. «Ich habe mich immer gefragt, wer das wohl war, aber ich habe den Jungen nie mehr an unserer Schule gesehen.»

«Doch, doch, ich war immer da.»

«Ist vergessen», sagte Dajana mit einem Seufzer. «Du warst ja nicht derjenige, der mich ausgelacht hat.»

Luca lächelte verlegen wegen der sentimentalen Stimmung. «Damit wären wir wieder beim Vaterunser angelangt.»

José schaute ihn fragend an.

«‹Und vergib uns unsere Schuld, wie auch wir vergeben unsern Schuldigern›», zitierte er.

«Apropos Vaterunser.» José sah zu den Japanern hinüber. «Ich habe langsam Hunger. Wie heißt es so schön: ‹Unser tägliches Brot gib uns heute.›»

Lena grinste. «Das ist ja wirklich ein Gebet für alle Lebenslagen.»

Jan rutschte auf der Kirchenbank hin und her. «José hat recht. Mir knurrt der Magen auch.» Er wandte sich den Entführern zu. «Können Sie uns etwas zu essen und zu trinken besorgen?»

Salto antwortete etwas Unverständliches, aber Jan & Co. verstanden, dass sie sich keine Hoffnungen machen durften.

Ausharren in der Kapelle

«Dein Vater raubt uns noch den letzten Nerv», brüllte der Alte, als er in die Kapelle zurückkam.

«Was hat der Chef gesagt?», fragte Akio.

Der Alte packte seine Sachen zusammen. «Er befielt Plan ‹B›. *Aku ni wa aku wo.*»

«Was bedeutet das?», wollte Jan wissen.

Der Alte fuhr in barsch an. «*Aku ni wa aku wo!* Übel für Übel, Böses für Böses.»

Jan schluckte leer. «Wie meinen Sie das?»

Der Mann beachtete ihn nicht weiter. Stattdessen redeten die drei wieder auf Japanisch aufeinander ein.

Auch Salto sammelte seine Sachen zusammen und machte sich abmarschbereit.

Er packte Dajana an der Schulter und zerrte sie, gefolgt vom Alten, aus der Kapelle hinaus.

Akio blieb bei den anderen Kindern zurück.

«Du musst uns bewachen?», fragte Jan so cool wie möglich, aber innerlich war er ganz angespannt. Was hatten sie nur mit Dajana vor?

«Ruhe», gab der Japaner zurück.

*****

Salto zog den Dolch unter der Jacke hervor und kam damit auf Dajana zu.

Sie zuckte zusammen, aber er trennte bloß den Kabelbinder entzwei, mit dem ihre Handgelenke zusammengebunden waren.

Dajana rieb sich erleichtert die Hände. Es tat gut, die Arme wieder nach vorne nehmen zu können.

«Du machst ja keinen Mucks und kommst schön mit.» Der Alte schaute sie drohend an. «Wir gehen jetzt deinen Vater besuchen.»

Salto marschierte voraus und der Alte bedeutete ihr, dass sie ihm folgen sollte. Er selbst wanderte direkt hinter ihr.

Die kleine Karawane schlug den Weg zur «Hörnlihütte» ein.

Dajana wusste, dass ihr Vater dort oben in dieser Berghütte die Nacht verbringen würde, bis er früh morgens, wenn es noch dunkel war, zusammen mit seinem Kunden die Tour auf das Matterhorn in Angriff nahm. Ihr Herz begann schneller zu schlagen. Bald würde sie ihrem Vater gegenüberstehen.

Der Wanderpfad wurde immer steiniger und steiler. Bald war es kein Wanderweg mehr, sondern ein richtiger Bergweg.

Plötzlich klingelte ein Handy. Der Alte zog es aus seiner Tasche.

Dajana hörte, wie eine aufgeregte Stimme aus dem Lautsprecher erklang.

Da war jemand ziemlich wütend.

Dajana verstand kein Wort von dem, was der Alte sagte. Aber der Tonfall ließ vermuten, dass er den Anrufer zu beruhigen versuchte.

Je länger das Gespräch dauerte, desto stiller wurde er. Am Schluss sprach nur noch der andere. Dann war das Gespräch plötzlich beendet.

Der Alte packte einen Stein und warf ihn, soweit er konnte. Zuerst schimpfte er auf Japanisch, aber dann wandte er sich plötzlich Dajana zu. «Er macht mich verantwortlich! Wenn diese Mission nicht gelingt, behandelt der Chef mich, wie wenn ich der Bergführer wäre. Er will, dass dein Vater fühlt, was er gefühlt hat. Dein Vater soll sehen, wie es ist, das einzige Kind zu verlieren!»

Dann schubste er Dajana den Bergweg hinauf.

Sie stolperte. Ihre Kraft ließ nach und die Lungen taten ihr weh.

«Komm weiter», schimpfte der Alte, während er Dajana vom Boden aufzog.

Sie wurde kreidebleich. Sie wusste, dass sie in großer Gefahr war. Der japanische Chef wollte, dass ihr etwas zustieß, und als sie in die Augen seiner Mitarbeiter blickte, sah sie, dass diese dazu auch fähig waren. Ängstlich schaute sie sich um. Gab es eine Möglichkeit zu fliehen?

*****

Jan & Co. besprachen ihre Lösungsmöglichkeiten. Sie mussten Dajana helfen, das war ihnen klar. Aber wie?

José rechnete vor: «Wir sind zu fünft und er ist allein. Da sollten wir uns doch wehren können.»

Luca schüttelte den Kopf. «Nicht, solange unsere Hände gefesselt sind.»

«Wir hätten einen Selbstverteidigungskurs belegen sollen. Der Typ beherrscht sicher Judo und Karate miteinander», ergänzte Jan.

Eine Weile war es still in der Kapelle.

Jan schaute sich um. Gab es Gegenstände, mit denen sie sich wehren konnten? Er fand keine scharfe Kante, an der sie die Kabelbinder hätten durchtrennen können. Zudem war sich Jan bewusst, dass er sich hier in einem

Gotteshaus befand und daher mit dem Inventar respektvoll umgehen sollte.

«Ich muss dringend pinkeln», gestand Anna.

Jan ging ein Licht auf. «Das könnte unsere Chance sein!»

Anna schaute ihn mit schrägem Blick an.

«Er muss uns aus der Kapelle lassen, wenn wir pinkeln müssen. Dann kann er nicht gleichzeitig drinnen und draußen sein.»

Luca war skeptisch. «Ich glaube nicht, dass er so naiv ist. Eher lässt er uns in die Hosen pinkeln, als dass er uns aus den Augen lassen würde.»

Lena befürwortete, dass es ein Versuch wert sei.

«Aber was machen wir, wenn er tatsächlich mit Anna rausgeht?», wollte José wissen.

Jan schaute sich nochmals um. «Da vorne hat ein Tourist eine Kerze angezündet. Wir könnten mit der Flamme die Kabelbinder schmelzen und unsere Hände befreien. Dann warten wir hinter der Tür, bis er wieder hereinkommt und schlagen ihm eine Kirchenbank über die Rübe.»

«Das ist zu gefährlich», wandte Lena ein. «Was macht er mit uns, wenn es schief geht?»

«Wenn Dajana etwas zustößt und wir nicht alles versucht haben, was wir können, würden wir uns das nie verzeihen.» Jan nickte Anna auffordernd zu.

Diese erhob ihre Stimme: «Entschuldigen Sie? Ich muss dringend aufs Klo. Darf ich kurz rausgehen?»

Akio schaute fragend zu ihr hinüber. Er hatte sie wohl nicht verstanden.

«Klo … Pipi machen», sagte Anna nochmals ganz langsam.

Akio schüttelte den Kopf und wandte sich wieder seinem Handy zu.

Da stand Anna demonstrativ auf, presste ihre Beine zusammen und hüpfte auf und ab. «Ich muss wirklich ganz, ganz dringend!»

Der Mann stand reflexartig auf und war bereit einzugreifen.

«Ganz … dringend», wiederholte Anna langsam.

Akio starrte Jan & Co. eine Weile an. Dann winkte er Anna zu. «Komm.»

Sie hüpfte auf die Ausgangstür zu.

«Nicht bewegen!», befahl er den andern vier und verließ hinter Anna die Kapelle. Er zog den alten Schlüssel aus dem Schlüsselloch und schloss die Tür von außen zu. Unter dem Vordach spähte er in alle Richtungen. Es war schon spät und es war niemand mehr zu sehen.

«Da hinter dem Haus, los.» Er deutete mit dem Arm um die Ecke.

Aber Anna streckte ihm ihre Hände entgegen, die auf den Rücken gebunden waren. «So geht's nicht. Sie müssen mich schon losbinden. Ich hau schon nicht ab.»

Der Mann dachte eine Weile nach. Er wollte anscheinend keinen Fehler begehen. Dann zog er plötzlich einen neuen Kabelbinder aus der Tasche und zog diesen um Annas Fußgelenke fest. Daraufhin befreite er mit seinem Dolch ihre Handgelenke. Wieder zeigte er um die Hausecke.

Anna hielt sich an der Holzsäule fest und hüpfte die Steinstufen hinunter ins Gras. Dann angelte sie sich der Mauer entlang, bis sie von der Veranda aus nicht mehr gesehen werden konnte. «Ich bin noch da. Ich renn schon nicht fort», rief sie.

Erste Regentropfen fielen in den Schwarzsee und ließen große Wasserringe entstehen.

Kaum hatte der Entführer die Tür geschlossen, schoss Jan von der Kirchenbank hoch und rannte zur Kerze.

Ohne sehen zu können, was sich hinter seinem Rücken abspielte, hielt er seine Hände über die Kerze.

Die Flamme brannte ihn zwei Mal heftig. «Luca, du musst mir sagen, ob ich richtig stehe.»

Luca eilte auch nach vorne. «Noch ein wenig nach rechts. Gut, still halten. Ja, es schmilzt!»

Von draußen hörten sie Anna rufen: «Ich bin immer noch hier. Ich hau schon nicht ab.»

«Versuche jetzt die Hände auseinanderzuziehen», befahl Luca.

Jan tat es, aber das Plastik war noch zu wenig geschmolzen.

Luca gab wieder Anweisungen, bis Jan das Plastik direkt über die Flamme hielt.

Beim zweiten Anlauf klappte es. Jan zerriss die Fessel wie Simson aus der Bibel.

Nun packte er die Kerze und hielt sie zuerst Luca und dann auch José unter die Fessel. Beide befreiten sich und rieben sich die Hände.

«So, ich bin fertig. Ich komme jetzt wieder zurück», rief Anna draußen, gerade als Lena ihre Hände zögerlich gegen die Flamme hielt.

Jan und José eilten zur Tür und schauten sich nach etwas Schwerem um, mit dem sie den Entführer umhauen konnten.

José zeigte auf den Opferstock. Es war ein hoher schmaler Holzkasten, in den man oben Geld als Spende hineinstecken konnte.

Das Münzgeld darin klimperte ziemlich laut, als Jan ihn anhob.

Luca verzog das Gesicht. «Hoffentlich hat er das nicht gehört!», flüsterte er ermahnend.

Lena und Luca stellten sich auf die linke und Jan und José auf die rechte Seite der Tür. Die beiden stemmten zusammen den Opferkasten in die Höhe.

Sie hörten, wie Anna auf die Veranda hüpfte.

«Müssen sie mich wirklich wieder fesseln?», fragte sie laut.

Nach kurzer Zeit hörten sie, wie der Schlüssel im Schloss gedreht wurde.

Dann öffnete sich die Tür.

Jan schaute nervös in die Öffnung. Wer kam als erstes durch die Tür, Anna oder der Entführer? Die Sekunden vergingen nur sehr langsam, bis endlich eine Hand in einem schwarzen Mantel sichtbar wurde.

Jetzt schwang er den Opferkasten dem Entführer, so fest er konnte, ins Gesicht.

Es krachte laut und Münzen in verschiedenen Währungen flogen wild durch die Luft.

Der Japaner fiel rückwärts zu Boden und schlug den Kopf am steinernen Schuhabtreter auf. Er stöhnte laut.

José sprang sofort hinter der Tür hervor und kickte mit seinem Wanderschuh so stark gegen den Dolch in dessen Hand, dass er einen Elfmeter garantiert versenkt hätte.

Der Dolch flog in hohem Bogen in den Bergsee.

Akio schüttelte sich und schaute die Kinder entsetzt an. Plötzlich zuckte er mit seinen Schultern und bevor die Kinder sich versahen, sprang er wieder zurück auf die Füße. Seine Hände hielt er ausgestreckt vor sich, bereit es gegen jeden Gegner aufzunehmen.

Jan erschrak darüber so sehr, dass er zurückwich.

Der kampfbereite Mann trat einen Schritt vor und positionierte sich im Türrahmen, um jeden an der Flucht zu hindern. Wilde Entschlossenheit blitzte aus seinen Augen.

Lena stand noch immer hinter der offenen Holztür. Sie nahm all ihren Mut und ihre Kraft zusammen, packte die schwere Tür und schwang sie mit aller Kraft zu.

Anscheinend war der Mann vom ersten Schlag doch schon etwas benommen, sodass seine Reaktionsfähigkeit eingeschränkt war.

Die Tür knallte hart gegen ihn und beförderte ihn wieder rückwärts nach draußen, wo er den Kopf nochmals aufschlug.

«Wow», staunte Jan über Lenas Kampfeinsatz. Schnell öffnete er die Tür.

Draußen kniete bereits Anna auf dem Hals des benommenen Japaners und Jan kam ihr zu Hilfe. «Nehmt ihm die Kabelbinder aus der rechten Tasche!», rief er.

Luca suchte die Taschen ab, während sich José auf die Beine des Mannes setzte.

Luca zog gleich mehrere Plastikfesseln heraus und gab eine davon José, der damit die Beine zusammenband.

Obwohl er von dem Schlag nicht mehr klar denken konnte, wehrte sich Akio immer noch so stark, dass es die Hilfe von allen fünf benötigte, um ihm auch die Hände zusammenbinden zu können.

«Was machen wir jetzt mit ihm?», fragte Anna, als dies geglückt war.

Jan zeigte auf die Kapelle. «Wir lassen ihn hier drin. Packt mit an.»

Sie schleiften den gefesselten Entführer in die Kapelle und ließen ihn dort wimmernd liegen.

«Wir müssen Dajana schnell finden!», rief Luca.

«Wir teilen uns auf», befahl Jan, «Lena und Anna, lauft zur Bahnstation und holt Hilfe. Wir andern wandern den Berg hoch und versuchen sie einzuholen.»

«Kann mir jemand meine Fessel lösen?» Anna schaute ihre Freunde fordernd an.

Luca holte aus der Kapelle die brennende Kerze.

«Vorsichtig!», ermahnte ihn Anna. Aber da war das Plastik schon geschmolzen.

Donner grollte in der Ferne.

Jan & Co. trennten sich und jeder machte sich in seine Richtung davon.

Der verhängnisvolle Plan «B»

Der Hang, den die drei Jungs in schnellem Tempo hochwanderten, war steil. Hier oben wuchs kein Gras mehr. Braune Felsen und loses graues Geröll säumten den Bergweg, der sich im Zickzack hochschlängelte.

Windböen kamen auf und wehten immer wieder über den Felsengrat.

Jan schaute über die Moränen in Richtung Westen. «Wenn das Gewitter weiter zu uns hinüberzieht, bekommen wir ernsthafte Probleme.»

«Wir sollten umkehren. Man darf sich nicht in den Bergen aufhalten, wenn ein Gewitter aufzieht!», mahnte José.

Luca zählte die Sekunden zwischen Blitz und Donner. «Das Gewitter ist noch über zwei Kilometer von hier entfernt. Wir müssen Dajana finden, bevor ihr etwas zustößt. Dann kehren wir schnell um und suchen Schutz bei der Bahnstation.»

Die Jungs eilten weiter.

An einer Stelle mussten sie eine Felswand passieren. Der Weg war weniger als einen Meter breit. Rechts türmte sich eine kantige Felswand und links ging es senkrecht nach unten. Die Sicht verlor sich im dichten Nebel und man konnte den Boden nicht mehr sehen. Zum Glück war der Weg durch ein Geländer und Ketten gesichert. Als sie endlich oben auf dem Felsengrat angekommen waren, erblickten sie weiter vorne drei Wanderer.

«Sind sie das?», wollte José von den anderen wissen.

«Ich denke schon. Wer sollte sonst bei diesem Wetter unterwegs sein?» Kaum hatte Jan diese Worte gesagt, pfiff eine starke Windböe über den Grat.

Sie mussten sich festhalten, damit sie das Gleichgewicht nicht verloren.

*****

Der Wind trug den Regen über den kleinen Bergsee und peitschte ihn gegen die Kapelle.

Plötzlich öffnete sich die Tür und Akio trat unter das Vordach heraus. Seine Fesseln lagen zerschnitten auf dem Boden.

Der Wind blies die Regentropfen unter dem Vordach hindurch und innerhalb kurzer Zeit war der Mann nass.

Er zog sich die Kapuze tief ins Gesicht und trat schwankend ins Freie.

Er versuchte sich zu orientieren, aber der Nebel versperrte ihm die Sicht. Obwohl der Sturm an Kraft zunahm, schlug Akio den Weg ein, der auf den Berg führte.

*****

Ein Blitz durchzuckte die dunklen Wolken, die nun tief zwischen den Berggipfeln hingen. Kurz darauf rollte der Donner.

«Das Gewitter hat uns erreicht. Wir müssen Schutz suchen. Das wird heftig!», rief Luca den andern beiden zu, als er spürte, wie seine Haare zu surren begannen.

Sie schauten sich um. Hier oben auf dem Grat war es definitiv zu gefährlich. Hier waren sie den Blitzen schutzlos ausgeliefert.

Schnell rannten sie zurück und vom Grat herunter.

José warf sich erschöpft gegen die Felswand.

Aber Luca warnte ihn: «Kommt von der Wand weg. Das ist zu gefährlich!»

«Wo sollen wir denn sonst hin?»

«Wir kauern uns im Abstand von ein paar Metern von der Felswand weg auf den Boden, dann sind wir sicher vor Steinschlag und es macht uns nichts, wenn der Blitz in den Felsen einschlägt», erklärte Luca eilig. Er schaute sich um. «Hier gibt es ja gar kein Holz!»

Die andern schauten ihn fragend an.

«Holz leitet Elektrizität nicht gut weiter. Wir hätten Äste auf den Boden legen und uns darauf stellen sollen. Haltet einfach eure Füße ganz nah beieinander und schaut zu, dass eure Kleider den Boden nicht berühren.» So kauerte sich Luca tief auf den Boden.

José und Jan machten es ihm nach.

Sie warteten ab, was auf sie zukam.

Das Gewitter wurde immer heftiger. Nach kurzer Zeit folgte der Donner unmittelbar auf die Blitze. Der Regen prasselte in Strömen nieder und durchnässte die Jungs trotz Hut und Regenjacke. Der Wind blies in Böen über die kahlen Felsen – Jan & Co. befanden sich nun mitten im Gewittersturm.

Der Lärm wurde ohrenbetäubend und furchteinflößend.

«So ein krasses Gewitter habe ich noch nie erlebt!», schrie Jan den anderen zu.

Diese nickten und beteten leise für sich.

Luca realisierte, dass die Menschen vieles im Griff haben, aber wenn man den Naturgewalten ungeschützt ausgeliefert ist, merkt man, dass die Menschen eigentlich ganz klein sind.

«Warum müssen wir die Füße nahe beieinander halten?», schrie José durch den Sturm.

«Wegen der Spannungswellen im Boden. Wenn ein Fuß in einer anderen elektrischen Spannung steht als der andere, dann zwickt es dich grausam!»

José verstand nicht, was Luca sagen wollte, außer dass das Gewitter lebensgefährlich war. Es blieb ihm nichts anders übrig, als abzuwarten.

Hoffentlich passierte Dajana nichts, schoss es Jan durch den Kopf.

*****

Weiter unten kämpfte Akio gegen den Sturm an, während er einen Fuß vor den andern setzte. Die Windböen drohten, ihn vom Bergweg zu wehen, deshalb bog er vom Weg ab und steuerte auf einen schützenden Felsblock zu. Er rang sich zeitweise auf allen vieren vorwärts, bis er die schützende Wand erreicht hatte.

Aber dort hielt er es nicht lange aus. Halsbrecherisch zog er sich über den vom Regen rutschigen Stein hoch. Oben stellte er sich auf und spähte die Gegend ab.

Plötzlich erblickte er die drei Jungs, wie sie unter der Felswand kauerten.

Auf einmal gab es einen lauten Knall. Weniger als hundert Meter neben ihm schlug ein Blitz in den Berg. Funken sprühten und Steine flogen durch die Luft.

Akio fiel rückwärts zu Boden und schlug sich erneut den Kopf auf.

José zeigte entsetzt auf den Mann. «Er hat sich befreit!»

«Hoffentlich sieht er uns nicht», schrie Luca zurück.

*****

«Stell dich da an den Felsen», befahl der Alte.

Dajana zitterte sowohl vor Kälte als auch vor Angst. Der Regen hatte sie ganz durchnässt. Hinter ihr ragten Felsen in die Höhe und vor ihr war nichts als grauer Nebel.

Blitze hellten die Nebelwolken im Sekundentakt auf und unmittelbar folgte ohrenbetäubender Donnerlärm.

Sogar den beiden hartgesottenen Kämpfern war die Angst ins Gesicht geschrieben.

Sie riefen sich Dinge zu, die Dajana nicht verstand.

Plötzlich verstand sie doch etwas: «Jetzt?»

«Ja, jetzt sieht es am ehesten wie ein Unfall aus! Gewitter, Sturm. Da kann es schnell passieren.»

«Frag zuerst den Chef.»

Dajana blieb das Herz stehen. Sie wollten ihr also wirklich etwas antun! Aber warum sagten sie das auf Deutsch? Wollten sie ihr bloß Angst einjagen? Hoffentlich war es nur ein Täuschungsmanöver.

Sie schaute die beiden nacheinander an. Ihre Gesichtsausdrücke verrieten jedoch nichts Scherzhaftes, sondern viel mehr Panik.

Dajana schaute sich um. Sie könnte den Berg hinunterrennen und fliehen, schoss es ihr durch den Kopf. Aber es war ein Bergweg; die vielen Steine und Felsen ließen keinen Spurt zu. Zudem könnte ihr genau das passieren, womit die Männer gedroht hatten: Sie könnte einen Unfall haben.

Immer weniger nahm Dajana wahr, dass um sie herum ein heftiges Gewitter tobte. Sie war in ihren Gedanken bei ihrem Vater. «Wo ist er? Warum kommt er mir nicht zu Hilfe?» Dann sah sie plötzlich die Gesichter ihrer Pflegefamilie vor sich. Doch, ihre Pflegeeltern und auch Marlena würden sie vermissen, wenn ihr etwas zustoßen würde, das wusste sie.

Als der Alte sie plötzlich am Arm packte, wachte sie aus ihrem Tagtraum auf.

Er riss sie mit sich und lief vom schützenden Felsen weg, überquerte den Bergweg und steuerte direkt auf den bedrohlichen Abhang zu. Der Boden war übersät mit verschieden dunklen Felsbrocken. Dazwischen war vom Winter immer noch etwas Schnee liegen geblieben.

Salto rief ihnen etwas hinterher, das Dajana nicht verstand.

Nach einigen Metern blieb der Alte mit ihr stehen. Die Gletschermoränen, die sich mehrere hundert Meter weiter unten befanden, sahen die beiden wegen des dichten Nebels nicht.

Was hatte er mit Dajana vor?

Ein Blitz schlug oben am Felsen ein, unter dem sie kurz zuvor gestanden hatten. Ein lauter Knall übertönte den Sturm. Steine flogen die Felswand hinunter und verfehlten Salto nur knapp.

Er schrie panisch auf und auch der Alte zuckte zusammen.

Plötzlich setzte Dajanas Körper Überlebenskräfte frei. Sie riss sich los und rannte, ohne zu überlegen, davon. Sie überquerte seitlich den steinigen Abhang und steuerte zurück auf den Bergweg, der sich an dem Grat entlang schlängelte.

Sofort nahmen die beiden Männer die Verfolgung auf.

Dajana stolperte über das nasse Geröll. Schnell rappelte sich auf und rannte weiter den Berg hinunter.

*****

Das Donnergrollen wurde leiser. Das Gewitter war weitergezogen.

Akio stellte sich wieder auf dem braunen Felsen auf. Er zog ein Messer aus seinem Kampfstiefel und kletterte gebückt auf die drei Jungs zu.

Diese sahen ihn aber kommen. «Mist! Wir müssen fliehen», schrie José.

«Aber wohin?», fragte Luca verzweifelt.

«Zurück zur Bahnstation, vielleicht kommt uns von dort schon Hilfe entgegen», antwortete José.

Aber Jan schaute den Berg hinauf. «Wenn wir Dajana helfen wollen, müssen wir nach oben!»

«Bis du wahnsinnig?» Luca und José schüttelten energisch den Kopf. «Jetzt müssen wir zuerst an unsere Sicherheit denken!»

Jan lenkte ein. Schnell verließen sie ihr Gewitterversteck und überquerten eine Geröllhalde genau in die andere Richtung, als Aiko ihnen entgegen kam.

Plötzlich blieb Jan stehen. «Er verfolgt uns gar nicht!»

Luca schaute zurück. Tatsächlich stand Akio weiter oben mit seinem Handy am Ohr da und blickte den Berg hinauf. Plötzlich rannte dieser los, den Berg hoch.

*****

Die Verfolger waren Dajana dicht auf den Fersen.

Endlich hatte das Mädchen den Bergweg erreicht und hüpfte nun von Stein zu Stein immer weiter nach unten. Bald würde sie die Stelle erreichen, wo der Weg den Grat verließ und mit Ketten gesichert entlang der Felswand steil nach unten ging.

Die Rauchvergiftung machte sich wieder bemerkbar und ihre Lunge begann mehr und mehr zu schmerzen.

Plötzlich erschrak sie. Zweihundert Meter vor ihr schnitt ihr Akio den Weg ab. Er stellte sich zwischen zwei großen Steinen mitten auf den Weg.

Panik schoss ihr ins Gesicht und sie suchte nach einem Ausweg, aber rechts versperrte ein steiler Felsblock das Durchkommen und links sah sie weit unten die steinigen Moränen des Gletschers. Der Nebel begann sich stellenweise aufzulösen.

Die Verfolger kamen immer näher.

Auf einmal wurde es Dajana schwindlig, die Schmerzen in der Lunge wurden unerträglich. Sie schätzte die Höhe eines Steins falsch ein und stieß mit dem Fuß hart dagegen. Sie stürzte zu Boden und rutschte über die losen Steine ab.

Verzweifelt versuchte sie sich am Untergrund festzuhalten, aber ihr war so schwindlig, dass sie das Gefühl hatte, der ganze Berg bewege sich talwärts. Sie rutschte über einen nassen Felsen und schlug mehrmals auf, bis sie hart zwischen mehreren Steinen landete.

Ihr Kopf und ihre Gelenke schmerzten. Sie bekam nur noch verschwommen mit, dass sie auf einem schmalen Felsvorsprung lag. Hinter ihr ging es mehr als hundert Meter in die Tiefe.

*****

Ihre beiden Verfolger stoppten und hielten sich an Steinen fest.

Salto schaute fragend zum Alten hinüber.

Dieser nickte ihm zu.

Er wusste, was das bedeutete: Er musste über die Felskante blicken, um zu sehen, was mit Dajana geschehen war.

Vorsichtig hielt er sich an den Steinen und Disteln fest und kletterte Meter für Meter nach unten.

Er blickte über den Felsen. «Da unten liegt sie.»

«Lebt sie noch?»

«Ja. Komm, wir hauen ab.»

«Nein, ich ruf den Chef an.» Der Alte zog sein Handy aus der Tasche.

Er schilderte seinem Chef in der Heimat die Lage und fragte, was er mit Dajana machen sollte. Dann packte er sein Handy wieder weg. «Komm herauf.»

«Was hat er gesagt?»

«Der Chef will nochmals persönlich mit ihrem Vater reden. Letzte Chance.»

*****

Der Nebel lichtete sich zunehmend, während der Wind die Wolken ostwärts blies. Das Matterhorn kam teilweise wieder zum Vorschein.

Jan weigerte sich weiter nach unten zu wandern. «Wir gehen hoch. Keine Ahnung, was da oben los ist, aber Dajana braucht bestimmt dringend unsere Hilfe.»

Widerwillig sagten Luca und José zu. Ihre Socken

waren durchnässt und ihre Beinmuskeln begannen zu schmerzen.

*****

Das Telefon des Alten klingelte erneut. Er sagte kein Wort, sondern hörte nur zu.

Dann nickte er Salto und Akio zu, der sie in der Zwischenzeit aufgeholt hatte. «Der Chef ist sehr wütend. Erledigen wir es und dann schnell weg hier.»

Hintereinander kletterten die drei nach unten zur Felskante, unter der Dajana lag.

Zwischen Steinen und Felsbrocken

«Hilfe!», hallte Dajanas klägliche Stimme über den Berg.

Jan & Co. zuckten zusammen, als sie ihre verzweifelte Stimme hörten. Sie beschleunigten ihre Schritte.

Auf einmal sahen sie die drei Japaner, wie sie auf den Abgrund zu kletterten.

«Was machen die da unten?», fragte José keuchend.

«Wo ist Dajana?» Jan deutete auf eine Felskante. «Dort können wir vielleicht sehen, was vor sich geht.»

Luca kletterte auf den Felsvorsprung hinunter und kroch auf allen vieren weiter nach draußen.

«Siehst du etwas?»

Luca kroch noch einen Meter weiter und sah plötzlich Dajana, wie sie überhängend auf einem losen Stein lag. «Wenn sie sich falsch bewegt, stürzt sie ab», rief er mit zittriger Stimme.

«Nein, was machen die?», rief Jan entsetzt aus.

Der Alte packte einen Stein und warf ihn über den Felsen hinaus. Der Stein verfehlte Dajana nur knapp.

«Sie wollen sie umbringen!» Jan wurde kreidebleich im Gesicht. Ohne nachzudenken, rannte er los und José folgte ihm.

Während er den kahlen Abhang seitlich überquerte, schossen ihm tausend Gedanken durch den Kopf. Einige darüber, was passierte, wenn er ausrutschte und abstürzte, andere darüber, wie er Dajana retten konnte.

Plötzlich hörte er einen Pfiff hinter sich. Er drehte sich um und sah, wie Luca nach oben deutete.

«Der Felsen!», schrie dieser.

Auch die Japaner wurden durch den Pfiff auf die Jungs aufmerksam.

Jan blickte zum Felsen hoch. Er war etwa einen Meter hoch und genauso breit. Er stand oberhalb der Japaner auf einer Felskante. Jan verstand Lucas Idee.

Er und José kletterten eilig den Berg hoch.

«Hilf mir ihn zu bewegen», befahl Jan seinem Freund.

«Was hast du vor? Der ist viel zu schwer, den können wir niemals den Hang hinunterstoßen.»

«Hilf trotzdem mit! Es reicht, wenn er sich bewegt.» Jan rüttelte so fest am Felsblock, wie er konnte. Dann rief er den Männern zu: «Kommt sofort weg da, sonst lassen wir den Felsen auf euch stürzen!»

«Keine Dummheiten!», rief Salto hinauf.

Luca hatte die beiden erreicht und half mit den Felsen zu bewegen.

Unter dem Block lösten sich kleine Steine und rollten den Hang hinunter.

«Seid ihr wahnsinnig?», rief der Alte.

«Nicht wahnsinniger als ihr!», gab Jan zurück. «Ich sage es zum letzten Mal: Kommt sofort weg da!»

Wieder rüttelten die Jungs am Felsen und noch mehr Steine lösten sich darunter.

Akio hatte die Zuschlagkraft der Kinder bereits erfahren und kletterte als Erster zur Seite.

Salto folgte ihm kurze Zeit später.

Aber der Alte blickte nur wütend nach oben. Dann packte er erneut einen Stein und hob ihn hoch, um ihn nach Dajana zu werfen.

«Luca, schmeiß einen Stein nach ihm. Aber etwas links vom Alten, damit du Dajana nicht triffst», befahl

Jan.

Luca zögerte, es war äußerst gefährlich, was er da tun sollte. Er wollte auf keinen Fall ein Menschenleben auf dem Gewissen haben.

«Mach schon!», rief ihm Jan streng zu.

Luca schoss das Bild von David durch den Kopf, der einen Stein nach Goliath geschleudert hatte. Da nahm er allen Mut zusammen, zielte aber absichtlich noch weiter links, als Jan ihm gesagt hatte, und warf.

Der Stein krachte neben dem Alten vorbei in die Tiefe.

Dieser stieß alle japanischen Fluchworte aus, die ihm einfielen.

«Wirf den nächsten», befahl Jan. «Mach weiter, bis er aufgibt!»

Lucas Beine wurden ganz weich. Sein Vater hatte ihm ausdrücklich beigebracht, dass man in den Bergen immer aufpassen muss, damit keine Steine ins Rollen kamen. Erst recht durfte man keine werfen! Man wusste ja nie, ob sich jemand weiter unten aufhielt.

Wieder hallte Dajanas entsetzter Hilferuf durch die Bergwelt.

Dies half Luca sich zu konzentrieren. Er zielte erneut weit links an dem Alten vorbei und warf den Stein.

Jetzt endlich ließ dieser seinen Stein los und kletterte auch aus der Gefahrenzone weg.

«Was machen wir jetzt? Wenn sie zu uns hinaufkommen, haben wir keine Chance», gab José zu bedenken.

Jan schaute sich um. «Luca, klettere ihnen entgegen. Bedrohe sie weiter mit Steinen und halte sie so auf Distanz. Sie dürfen nie über uns sein. José und ich versuchen Dajana zu retten.»

Luca rannte los. Er beeilte sich, rechtzeitig auf dem nächsten Felsen zu stehen, um von dort aus ein Sperrfeuer aus Steinen zu errichten.

Die Männer kletterten in einiger Entfernung den Berg hoch.

Die Wolkendecke riss auf und vereinzelt kamen wieder blauer Himmel und die 4000er Berge ringsherum zum Vorschein.

Jan und José kletterten zur Unfallstelle. Vorsichtig achteten sie darauf, dass sie immer mindestens mit drei der vier Hände und Füße sicheren Halt hatten.

Die ganze Zeit über hörten sie, wie Dajana weinte.

Jan wertete das als gutes Zeichen. «Solange sie weint, ist sie bei Bewusstsein.»

Endlich kamen sie oben an der Felskante an und konnten Blickkontakt zu Dajana aufnehmen.

Es sah nicht gut aus. Von hier oben konnten sie ohne Kletterausrüstung nicht zu ihr hinuntergelangen.

«Beweg dich ja nicht!», befahl Jan.

Dajanas Antwort war nur ein Wimmern.

José kroch einen Meter zurück. Er hielt den Anblick von Dajana mit den hundert Meter tiefer liegenden Steinhalden nicht aus. Jeden Moment konnte sie hinunterstürzten und das wollte er sich auf keinen Fall mit ansehen. «Jan, wir können ihr nicht helfen», flüsterte er seinem Freund zu.

Jan nickte, aber bedeutete José, dass er nichts sagen soll. Dann wandte er sich wieder Dajana zu. «Anna und Lena holen Hilfe. Jetzt, wo das Gewitter vorüber ist, sollten sie bald hier sein.»

José schüttelte den Kopf und sagte leise: «Warum

machst du ihr falsche Hoffnungen? Selbst wenn jemand sofort bei der Bergstation losgelaufen wäre, nachdem das Gewitter vorüber war, dauert es noch eine Ewigkeit, bis sie hier sind.»

Jan blickte ihn ernst an. «Hoffnung ist das Einzige, was uns bleibt. Ich hoffe, dass Gott ein Wunder tut.»

In diesem Augenblick hörten sie einen Pfiff von oben.

Luca winkte aufgeregt.

Salto war es gelungen, oberhalb von Luca und damit außerhalb seiner Wurfweite durchzuklettern. Er kam mit einem gefährlich großen Stein immer näher auf Luca zu und von rechts wurde er von Akio in die Mangel genommen.

Da der eine über ihm stand, hatte Luca keine Chance. Wie sollte er so seine Freunde weiter unten beschützen?

Luca warf einen Stein nach Akio, aber verfehlte ihn absichtlich nur knapp. Er konnte sich nicht daran gewöhnen, anderen wehzutun.

Plötzlich sprang Salto zu Luca hinunter und drückte ihn auf den Boden.

Schnell kamen die andern beiden Männer dazu.

«Jetzt werden sie den Felsen auf uns rollen und wir werden alle sterben!», rief José entsetzt.

Jans Puls begann noch schneller zu schlagen. «Der Felsblock ist viel zu schwer, den können selbst sie nicht den Hang hinunterrollen. Aber sie könnten Steine nach uns werfen.»

Die drei Männer hatten aber eine andere Idee. Sie schoben Luca über den Felsen hinaus. Er versuchte sich festzuhalten, aber sie lösten seine Hand.

Sofort schlitterte er den Abhang hinunter, direkt auf

seine Freunde zu. Verzweifelt versuchte sich Luca an allem festzuhalten, worüber er schlitterte. Das bremste seine Rutschpartie aber nur wenig ab.

Panik stieg in den beiden Jungs weiter unten auf. Schnell begaben sich die beiden zurück ans Bergende des Felsblocks und verkanteten ihre Füße zwischen Steinblöcken.

Luca kam ziemlich schnell auf sie zu und riss verschiedene Steine mit sich.

«Versuche die Steine aufzuhalten, damit sie nicht auf Dajana fallen. Ich bremse Luca», rief Jan zu José hinüber.

Heldenmutig streckte José seine Arme aus und kniff sich die Augen zusammen. Als die Steinchen auf ihn niederprasselten, verzerrte er sein Gesicht vor Schmerz. Aber dieser war es wert, nur noch Staub und Dreck fielen über die Felskante auf Dajana hinunter.

Jan seinerseits stemmte sich mit aller Kraft gegen den Fels und drehte seinen Kopf schützend zur Seite. Kurz darauf rutschte Luca heftig in ihn hinein und traf ihn mit dem Wanderschuh mitten ins Gesicht.

Jan schrie auf, konnte aber seinen Freund halten.

Die drei stöhnten vor Schmerz und als sie nach oben blickten, sahen sie, wie die Japaner den Felsblock bereits mächtig ins Wanken gebracht hatten.

«Du hast gesagt, er sei zu schwer!», rief José entsetzt aus.

«Ich hätte nicht gedacht, dass sie so viel stärker sind als wir. Gott hilf uns!», schrie Jan aus.

Der Fels kippte ein Stück weit nach vorne, fiel aber wieder zurück. Die drei Männer nutzten den Schwung aus und drückten erneut gegen den großen Stein. Immer stärker kam der Stein ins Wanken.

«Das ist das Ende!» José verbarg sein Gesicht in seinen blutigen Armen.

Plötzlich hallte Lärm durch die Luft und wurde durch das Echo der Berge immer lauter. Nach wenigen Sekunden flog ein Helikopter über den Grat hinweg.

Der ohrenbetäubende Lärm erschreckte die Japaner so, dass sie den Felsen losließen. Dieser fiel wie ein Sack zurück in seine alte Position.

Der Pilot flog eine kleine Kurve und kreiste oberhalb der Unfallstelle.

Nun hatten die Japaner zu viele Zeugen und sie traten eilig den Abstieg an.

Es windete stark, als der Helikopter weiter oben auf einer Felsplatte landete.

Die Türen wurden aufgerissen und drei Männer mit Kletterausrüstung und Seilen sprangen heraus. Wie sich herausstellte, waren es Bergführer, die auch als Bergretter tätig waren.

Jan & Co. wussten, dass sie nun nicht mehr helfen mussten, und kletterten vorsichtig den Abhang hoch, bis sie auf dem Bergweg in Sicherheit waren.

Zwei der Retter machten sich sofort an die Bergung von Dajana. Sie sicherten zwei Seile weiter oben an einem Felsen und seilten sich daran ab, bis sie auf dem Felsvorsprung neben Dajana standen.

Dann sicherten sie zuerst die Verunglückte, damit sie nicht noch weiter abstürzte.

Der dritte Bergführer kam auf die Jungs zu. «Wer ist das da unten?»

«Dajana Roth», antwortete Jan.

Der Mann griff nach dem Schalter, der sein Funkgerät am Helm aktivierte. «Hans an Bernhard. Antworten.»

«Bernhard verstanden. Antworten.»

«Es ist das gesuchte Mädchen! Gib der Polizei die Koordinaten an, wo sich die Flüchtigen befinden. Antworten.»

«Verstanden. Ich leite es weiter. Schluss.» Der Bergführer eilte zurück zum Helikopter.

Im Helikopter saßen nebst dem Piloten noch zwei Männer. Einer von ihnen stieg nun auch aus.

Jan & Co. staunten nicht schlecht, als sie sahen, dass es Lucas Vater war.

Die Retter betteten Dajana auf eine Vakuummatratze und banden sie fest.

Dann gaben sie dem Piloten über Funk Bescheid, dass sie bereit waren.

Nach kurzer Zeit hob der Helikopter ab und flog direkt über die Unfallstelle. Der dritte Retter betätigte sich als Flughelfer und ließ die Seilwinde nach unten.

Unten befestigten sie das Seil an der Trage und an einem der Retter.

Nachdem sie das Zeichen gegeben hatten, hob der Helikopter den Retter und die Patientin langsam in die Höhe. Der Pilot zog seine kostbare Last vom Berg weg und flog damit hinunter in Richtung Bergstation.

Dajana sah den Helikopter über ihr nur verschwommen und zum Glück konnte sie den gähnenden Abgrund nicht erkennen, der sich unter ihr und ihrem Retter auftat.

Plötzlich hörten Jan & Co. noch mehr Helikopter-Lärm.

Zuerst dachten sie, dass es das Echo des Rettungshelikopters war, aber dann schoss ein blauer Helikopter über den Grat. Eine provisorische Aufschrift verriet, dass der Helikopter für die Polizei im Einsatz stand.

Der Pilot landete ein paar hundert Meter von den flüchtigen Japanern entfernt.

Sofort sprangen fünf bewaffnete Polizisten heraus und nahmen die Verfolgung auf.

Jan & Co. konnten von oben zusehen, wie die Polizisten die drei Flüchtigen rasch einkreisten und bald flach auf dem Boden in Handschellen legten.

Der Retter, der auf dem Felsvorsprung zurückgeblieben war, kletterte wieder nach oben und packte die Seile zusammen.

«Wir können hier warten, sie holen uns ab», erklärte Herr Leuenberger, bevor er die drei Jungs erleichtert umarmte.

*****

Der Helikopter setzte Dajana bei der Bergstation der Luftseilbahn ab.

Sie war bei Bewusstsein, als der Retter das Seil zwischen ihr und dem Helikopter löste.

Dann flog der Helikopter weg und landete rund 100 Meter weiter auf einer Graskuppel.

Die Männer stiegen aus. Einer rannte sofort zu Dajana hinüber. «Dajana!», rief er schon von Weitem.

«Papa», hauchte die Patientin schwach unter der Sauerstoffmaske.

Ihr Pflegevater beugte sich über sie und küsste sie

auf die Stirn.

Wie dankbar war sie, ihn zu sehen. Das gab ihr die Sicherheit, die sie jetzt dringend benötigte.

Anna und Lena kamen dazu. Sie wussten nicht, was sie sagen sollten, deshalb nickten sie der Patientin einfach zu.

Dajana flüsterte: «Danke.»

Die beiden Mädchen lächelten verlegen. Es war für sie doch selbstverständlich, dass sie geholfen hatten. Sie blieben etwas abseits stehen, damit die Betreuer ihre Arbeit machen konnten.

Plötzlich tauchte hinter der Seilbahnstation ein weiterer Helikopter auf. Dieser landete ganz in der Nähe, wo der Rettungshelikopter Dajana und ihren Retter abgesetzt hatte.

«Wir laden dich jetzt in den Ambulanzhelikopter ein. Der fliegt dich ins Krankenhaus», erklärte der Bergretter.

«Diesmal haust du aber nicht mehr von dort ab, versprochen?» Der Pflegevater lächelte.

Dajana nickte müde.

*****

Während Jan & Co. auf dem Berg warteten, bis ihr Lufttaxi sie abholte, wuschen sie die blutigen Striemen an ihren Armen und Beinen mit dem Erste-Hilfe-Material, das Herr Leuenberger aus dem Helikopter mitgebracht hatte. Zum Glück waren es nur Schürfungen und Prellungen.

«Wieso hast du in diesem Helikopter gesessen?», wollte Luca von seinem Vater wissen.

«Der Pflegevater von Dajana hat mich ganz aufgeregt angerufen», erklärte er, «Marlena habe gesagt, dass ihr Dajana suchen gegangen seid und dass diese im Krankenhaus vermisst wird. Ihre Pflegeeltern haben daraufhin die Polizei informiert. Diese wiederum wurde von einem Bergführer angerufen, dass jemand behauptet habe, ein Mädchen entführt zu haben. Da hat die Polizei in Betracht gezogen, dass die beiden Fälle miteinander zu tun haben könnten.»

«Aber wie sind Sie dazugekommen?», wollte José wissen.

«Da ihr auch verschwunden wart und keiner auf dem Handy antwortete, gesellte ich mich zur Suchmannschaft dazu. Ich bin froh, dass ihr wohlauf seid.»

Jan nickte. «Wie habt ihr uns so schnell gefunden?»

«Das habt ihr Anna und Lena zu verdanken. Vom Restaurant bei der Bergstation aus haben sie die Polizei angerufen und gesagt, wo ihr seid. Dann kam der schlimmste Teil. Wir wussten, dass ihr in Gefahr seid, aber konnten nichts tun. Wegen des Gewitters konnte der Helikopter nicht starten. Aber sobald sich die Wolken lichteten und ein Sichtflug möglich war, hoben wir ab.»

«Gerade noch rechtzeitig», ergänzte Luca.

Der Helikopter näherte sich ihnen und landete wieder auf der Felsplatte. Alle durften einsteigen.

Jan & Co. atmeten erleichtert auf, als sie sich auf die Sitze fallen lassen konnten. Die Aussicht auf das Matterhorn mit den anderen Viertausenderbergen als Kulisse war atemberaubend.

Donnerstag, 1. August, 20:15

Feuerwerk über Zermatt

Dajana wurde im Krankenhaus untersucht und behandelt.

Ein Arzt informierte etwas später ihren Pflegevater: Sie hatte vom Sturz über den Felsen einen gebrochenen Arm, zwei gebrochene Rippen und eine Gehirnerschütterung. Und zudem musste sie sich auch noch von der Rauchvergiftung erholen.

Als sie zurück auf der Bettenstation war, kamen zwei Polizisten vorbei, um Dajana viele Fragen zu stellen. Sie wollten ganz genau wissen, was passiert war.

Nach der Befragung war sie so müde, dass sie sofort einschlief.

*****

Die Feierlichkeiten zum Nationalfeiertag waren im Dorf bereits im Gange. Verschiedene Musikformationen spielten in den Straßen von Zermatt und an unzähligen Ständen wurden Köstlichkeiten angeboten.

Die Stimmung unter den Touristen war fröhlich und davon ließen sich auch Jan & Co. bald anstecken. Sie schlenderten von der Helikopter-Basis durch das Menschengewühl zur Polizeiwache.

Dort mussten sie genau erzählen, was passiert war. Es dauerte lange, bis endlich alle an der Reihe gewesen waren.

Am Schluss gab die Polizei ihnen ihre Handys zurück – sie hatten diese den verhafteten Männern abgenommen.

Diese drei Männer wurden der Staatsanwaltschaft übergeben und auch gegen ihren Auftraggeber in der Heimat wurde eine Strafuntersuchung eingeleitet.

Als Jan & Co. endlich das Polizeibüro verlassen durften, wurden sie von einem gigantischen Feuerwerk überrascht, das über den Dächern Zermatts abgefeuert wurde.

Während Jan das Farbenspiel am Nachthimmel beobachtete, dachte er an seine Eltern. «Zugegeben, mit ihren Sorgen, dass mir etwas zustoßen könnte, hatten sie gar nicht so unrecht.» Jan schmunzelte. «Ich möchte es mal versuchen, die Wünsche von meinen Eltern zu erfüllen, bevor sie es mir befehlen. Es bringt doch nichts, wenn wir andauernd gegeneinander sind. Eigentlich sind wir ja füreinander ...» Jan griff nach seinem Handy und suchte die Nummer seiner Eltern.

Von einem der vielen Stände in den Gassen von Zermatt stieg Jan & Co. ein köstlicher Duft in die Nase. Herr Leuenberger lud alle auf eine nächtliche Bratwurst mit Senf ein.

«Zum Glück ist es dunkel», sagte Luca plötzlich mit vollem Mund, «sonst würde man noch unsere dreckigen Kleider sehen.»

José schaute in die Runde und nickte aufgeregt. «Diesmal bin ich sicher nicht der Dreckigste!»

«Habt ihr morgen noch mal Lust auf eine Wanderung?», fragte Herr Leuenberger.

Lena seufzte laut. «Nein, danke. Jetzt muss ich erst

mal meine Füße hochlagern.»

Anna stimmte ihr zu. «Wie wäre es, wenn wir morgen an den Genfersee fahren würden?»

«Das hätten wir von Anfang an tun sollen!», ereiferte sich José. «Also ich bin dafür.»

Luca stimmte auch zu. «Ich bin dabei, aber in die Berge komme ich auch gerne wieder einmal.»

José schaute zu Jan hinüber. «Und was sagst du dazu, Jan?»

Dieser schaute verblüfft von seinem Handy auf. «Was ist los?»

«Wo bist du mit deinen Gedanken?»

«Ach, nicht so wichtig. Ich schreibe meinen Eltern nur noch schnell eine SMS.»

Die andern starrten ihn an.

«Das könnte ich eigentlich auch machen», durchbrach Lena endlich die Stille.

Kurz darauf hielten alle ihre Handys in der Hand und schrieben ein paar nette Worte.

«Und wem schreibst du eine SMS?», wollte Herr Leuenberger von seinem Sohn wissen. «Deine Mutter hat ja kein Handy.»

«Ich schreibe eine SMS an Gott», gab dieser zurück, «als Dankeschön für die Bewahrung, die wir erlebt haben.»

«Das kommt dir aber teuer zu stehen. Denk an die Roaming-Gebühren für bis in den Himmel», neckte Jan seinen Freund.

Aber José kam Luca zu Hilfe: «Ach was. Der himmlische Vater ist immer bei uns. Das ist Lokaltarif.»

Alle lachten über Josés Einfall und schrieben an den Nachrichten für ihre Eltern weiter.

Es war spät, als sie endlich beim Campingplatz ankamen.

*****

Am nächsten Tag betrat ein Mann das Patientenzimmer, den Dajana nicht kannte.

Er schaute suchend von einer Patientin zur anderen. Am längsten schaute er Dajana an, dann trat er an ihr Bett und streckte ihr Blumen entgegen. «Du musst Dajana sein.»

Das Mädchen nickte, als sie in das fremde, aber doch irgendwie bekannte Gesicht blickte.

«Ich … eh … ich bin dein Vater», stammelte dieser unbeholfen.

Dajana starrte ihn an, aber brachte kein Wort heraus. Obwohl sie sich lange damit auseinandergesetzt und es sich so sehr gewünscht hatte, war sie auf diese Begegnung nicht vorbereitet. Sie sagte lange nichts.

Unbequem trat der vom Wetter gezeichnete Mann von einem Fuß auf den anderen. «Ich hatte gehofft, dass du wie deine Mutter aussiehst. Aber du kommst nach …» Er brach mitten im Satz ab.

Dajana blickte auf die Bettdecke und stammelte: «Warum? Warum bist du … warst du …?»

Der Mann drehte sich dem Fenster zu. «Es tut mir leid, dass ich nicht da war», murmelte er kaum hörbar.

«Wird sich das jetzt ändern?», fragte Dajana vorsichtig.

Sein Blick schweifte durchs Fenster den Berg hoch. Langsam schüttelte er den Kopf. «Ich kann das nicht. Ich bin ein Einzelgänger. Ich ertrage keine anderen

Menschen in meinem Leben – jedenfalls nicht lange. Eine Bergtour in der Abgeschiedenheit der Natur geht gut, aber dann muss ich wieder weiter.»

Dajana schluckte schwer.

«Es tut mir leid, dass ich in deinem Leben keine Rolle spielen kann.» Kurz darauf verließ der Fremde das Patientenzimmer wieder.

Dem Mädchen traten Tränen in die Augen. Hatte sie bekommen, was sie sich von einem Treffen mit ihrem Vater erhofft hatte? Nein, musste sie sich eingestehen. Sie fühlte sich jetzt noch mehr allein als zuvor.

Die beiden andern Patientinnen im Zimmer schwiegen betroffen.

Dajana schluchzte heftig, als Marlena das Zimmer betrat.

«Tut's so sehr weh?», fragte diese mitfühlend.

Dajana nickte. «Aber nicht nur die Wunden.» Sie deutete mit der Hand, die nicht im Gips lag auf ihr Herz. «Da auch.»

Ihre Schwester legte ihr den Arm über das Kissen. So lagen sie eine Weile nebeneinander und keine von beiden sagte ein Wort.

«Wo sind die anderen?», fragte Dajana plötzlich und meinte damit ihre Pflegeeltern.

«Sie sprechen draußen mit deinem Vater.»

Dajana schaute verblüfft auf. «Über was reden sie?»

«Sie fragen ihn, ob er etwas dagegen hätte, wenn sie dich adoptieren», antwortete Marlena und rutschte etwas näher an sie heran.

Jan & Co.

David Hollenstein

Jan & Co. –
Die Casting-Show

Lucas Cousine, Laura, gehört zu den Finalisten der neuen Casting-Show. Doch als sie aus dem Übungscamp in Holland zurückkehrt, ereignen sich merkwürdige Dinge. Jan & Co. helfen ihr, Licht in diese Angelegenheit zu bringen. Dazu müssen sie aber hinter die Kulissen der Casting-Show blicken können. Das geht, solange Laura nicht ausscheidet ...

Eine spannende Detektivgeschichte zwischen Scheinwerferlicht und Kameras.

192 Seiten, Adonia Verlag, ISBN 978-3-03783-050-5

Jan & Co. –
Raubüberfall im Europa-Park

Jan & Co. fahren mit grosser Vorfreude für zwei Tage in den Europa-Park. Ein folgenschwerer Vorfall im temporären Park-Casino trennt jedoch Jan von seinen Freunden. Während seine Freunde später von der Polizei festgenommen und verhört werden, gerät Jan wegen seiner Neugierde in eine gefährliche Situation: Er wird Zeuge von etwas, das er nie hätte sehen dürfen. Als er dabei entdeckt wird, beginnt zwischen Jan und seinen Verfolgern ein Katz- und Maus-Spiel durch den Europa-Park und das dazugehörende Hotel Colosseo. Jans Flucht wird zusätzlich erschwert, als ihm Levin, ein ziemlich eigensinniger Junge, in die Quere kommt. Aber zum Glück hat Jan seine Freunde im Rücken, die ihn aus der Ferne tatkräftig unterstützen.

Eine spannende Verfolgungsgeschichte mit Gedanken über das Glücklich-Sein innerhalb der Kulisse des für Abenteuer und Nervenkitzel bekannten Europa-Parks!

192 Seiten, Adonia Verlag, ISBN 978-3-03783-017-8

www.adonia.ch

Adonia

Jan & Co.

David Hollenstein

Jan & Co. –
Das Geheimnis der Miruna

Jan & Co. treffen im Wald unverhofft auf Miruna. Nach anfänglicher Zurückhaltung ringen sie sich durch, dem verwahrlosten Mädchen zu helfen. Mirunas Vergangenheit gibt Jan & Co. zu denken. Warum gibt es Menschen, denen das Leben so übel mitspielt? Warum lässt Gott solches Leid zu? Eine Einbruchserie in ihrer Stadt und das merkwürdige Verhalten der Polizei lässt Jan & Co. diese Grübeleien aber schnell wieder vergessen. Bald schon sind sie einer Verbrecherbande auf der Spur. Doch plötzlich nimmt das Geschehen eine dramatische Wendung ...

Eine spannende Detektivgeschichte mit Gedanken über die Hilfe an den Ärmsten dieser Welt.

176 Seiten, Adonia Verlag, ISBN 978-3-03783-010-9

Jan & Co. –
Verdacht im Modehaus

Jans Freundin Lena schnuppert in einem Kleiderladen. Als gleich zwei Mal abends Jeans fehlen, deutet alles darauf hin, dass Lena diese mit Hilfe ihrer Freundin hat mitlaufen lassen. Doch Lena streitet alles ab. Als Jan davon erfährt, überredet er Luca und José, zusammen mit ihm diese Vorfälle zu un-tersuchen und Lenas Unschuld zu beweisen. Dabei geraten sie an gewaltbereite Jugendliche, die sie so schnell nicht mehr los werden.

Der spannende Kinderkrimi zum Thema Jugendgewalt greift die aktuelle Problematik auf, der viele Schülerinnen und Schüler ausgesetzt sind: Das Verständnis, dass das eigene Ansehen nur durch Markenkleider und Zurückschlagen gewahrt werden könne.

144 Seiten, Adonia Verlag, ISBN 978-3-905011-98-2

www.adonia.ch

Adonia

Detektiv-Hörspiel-CDs in Schweizer Mundart

Jan & Co.

- 7 – Vermisst am Matterhorn
- 6 – D'Casting-Show
- 5 – Raub im Europa-Park
- 4 – Ds Gheimnis vo de Miruna
- 3 – Verdacht im Chleiderlade
- 2 – De Skaterpark
- 1 – De Fuessballticketdieb

Ab 8 Jahren

www.adonia.ch

Adonia